JN083542
Kairo,Ren & Koichi
「3月22日、花束を捧げよ㊤」

# 3月22日、花束を捧げよ㊤

小中大豆

キャラ文庫

この作品はフィクションです。
実在の人物・団体・事件などにはいっさい関係ありません。

目次
3月22日、花束を捧げよ㊤

口絵・本文イラスト／笠井あゆみ

# 序

二〇二五年三月二十二日の東京は、いつもよく晴れている。

日差しの眩しい午後、セレモニーホールのエントランスは、「お別れの会」を終えたばかりの参列客でごった返していた。

真っ先に外に出た鈴木海路は、通りの街路樹の前に立ち、出てくる参列客を眺めている。

参列客は、若者が圧倒的に多かった。故人の元同級生や、先輩後輩たちだろう。海路の知っている顔もあちこちに見かける。

先週まで高校生だった彼らの中には、喪服を着るのも今日が初めて、という人もいるかもしれない。海路が今、身に着けているダークスーツも、大学入試に合格した後、入学式のためにあつらえたものだ。

「光一君、可哀そう」

「せっかく、医大に受かったのにね」

数名の女の子たちが、故人を悼みながら海路がいる方へ歩いてくる。

元クラスメイトの女子たちだ。彼女らも海路に気づいてこちらに手を振ったが、海路はそれを無視して顔をうつむけた。

我ながら感じが悪い。以前の自分なら、こんなことはしなかった。

どれほど刹那的な人間関係でも、相手の機嫌を損ねないよう、怒らせないように気を遣っていた。相手に嫌われるのが、本能的に怖かったのだ。

でも今はもう、そんなことはどうでもいいと思える。元クラスメイトの死も、少しも悲しくはない。

光一の優しい笑顔を回顧しても、何の感情も湧かなかった。

早く時間が過ぎないかな、と思う。動画を倍速再生するみたいに、現実の時間も早回しできるボタンがあればいいのに。

女の子たちが去り、海路が再び顔を上げると、待っていた人物がエントランスから出てくるところだった。

喪服のスーツに身を包んだ、ひと際背の高い青年は、真っすぐこちらに向かって歩いてくる。

「蓮、こっち」

蓮も光一の元クラスメイトで、それに幼馴染みの親友で……彼にとって光一は、片想いの相手でもあった。

なのに蓮の表情には、一かけらの悲しみも見当たらない。

彼は目の前で立ち止まり、無表情に海路を見下ろした。

「お疲れ」

海路は言って、軽く片手を挙げる。蓮は何も答えず、最寄り駅とは反対の方角をあごをしゃくって示した。

行くぞ、という意味だろう。そのまま歩き出すのに、海路は苦笑する。

「一言くらい、返してくれてもいいのに」

後に付いて歩き出しながら言うと、蓮は一瞬、こちらを振り返ったが、何も言わなかった。すぐに前を向き、それきり振り返らない。

蓮はいつもこうだ。

彼の冷淡な態度に、以前は悲しみ傷ついたこともあった。自分が悪いのかも、とも考えた。彼が好きだったからだ。

高一の時に恋をして、三年で同じクラスになった時には喜びはしゃいだ。それから長い間、彼に片想いをしていた。

でも今はもう、自分の気持ちがわからない。

蓮の冷徹さに苛立つことはあっても、悲しいと思うことはない。

何も期待していない。ただ、早く終わってほしいと思う。もう、終わらせたい。

「ねえ、蓮」

前を歩く広い背中に、声をかけた。予想はしていたが、やはり蓮は振り返らない。

「蓮てば」

大声で呼ぶと、彼はようやく、少しだけ首をひねって振り返った。

「何？」

どこか鬱陶しそうな表情と声音に、海路は次に言うべき言葉を飲み込んだ。

「……何でもない」

海路の返答に、蓮は特に不満を示すことはなかった。無表情のまま、再び前を向く。

それからしばらく、無言のまま歩き続けた。

二人にとっては慣れきったルートで住宅街を抜け、やがて隣の駅へ辿り着く。その駅を素通りすると、駅前の小さな生花店に入った。

「献花を作ってください、予算は五千円で」

蓮が言うと、しばらくしてカスミソウとグリーンカーネーションを中心とした花束が出来上がる。

蓮が花束を無造作に提げて店を出て、海路はその後を追う。二人はまた、しばらく歩き続ける。駅前の商店街を通り過ぎ、車の多い都道に出る。二人はまだ歩き続ける。

「……ねえ、蓮」

小さな声でもう一度、海路は前を歩く蓮を呼んだ。声が小さすぎて、車の通りが多いこの場所では聞こえなかったようだ。

（もう、やめたい）

言えなかった言葉を、胸の内で紡（つむ）ぐ。

（もう嫌だ。これで、最後にしたい）

今日ここに至るまでに、何度も言おうとした。でもやっぱり、それを口にする勇気はない。

都道を歩き続けるうち、やがて視界が開け、青く塗（ぬ）られた橋桁（はしげた）と両側に広がる河が見えた。

空が広い。初めてこの景色を見た時、胸のすくような清々（すがすが）しい気持ちになったものだ。

あれから、何度目の今日を迎えただろう。

青空と、悠然（ゆうぜん）とした河の流れを見ても、今はもう何も感じない。

「——戻ったら」

不意に蓮が立ち止まって口を開いたので、海路は我に返った。

いつの間にか、橋の中頃まで来ていた。

蓮は川の下流に向かって立ち、花束を両手に持って遠くをみつめている。

「戻ったら、またスマホに連絡する」

内容も声音も極めて事務的なことに、腹が立つのを通り越して笑ってしまった。

海路が小さく笑うと、蓮はちらりとこちらを見る。彼は何か言いたげに口を開いたが、結局、何も言わないまま前に向き直った。

海路が代わって口を開いた。

「携帯に連絡して、その後はいつもの店で」

蓮は無言でうなずき、それから持っていた花束を振り上げた。

花束は、ところどころペンキの剝げた欄干の向こうへ消えていく。

それが水面に落ちる前に、海路はそっと目を閉じた。

一呼吸した後、海路は目を開ける。

そこはもう、見慣れた自分の部屋だった。

「海路、今日のお昼ごはん、何にするー？」

間延びした母の声が、部屋の外から聞こえた。手足に柔らかなシーツの感触がある。

「海路、寝てるの？　開けるわよー？」

海路はため息をつき、ベッドから起き上がった。

「起きてるよ。昼ごはんはいらないや。これから出かけるから」

廊下にいる母に応える。勉強机の隣にかかったカレンダーが目に入り、またため息が出た。

「また――戻ってきちゃった」

ベッドに横になっていたはずなのに、どっと疲労感が押し寄せてくる。

頭を抱えていると、枕元のスマートフォンが、ピロン、と鳴った。

メッセージアプリを開く。予想通り、素っ気ないメッセージが入っていた。

『戻った。いつもの店で待ってる』

差出人は小宮山蓮。

「今度こそ、今回こそ、言わなきゃ」

これで最後にしたい。もうやめてほしい。

でもきっと、今度も言えないままなのだろう。

深い絶望を感じながら、メッセージアプリを閉じた。スマホのホーム画面に、今日の日付が表示される。

二〇二四年五月六日。ゴールデンウィークの最終日。

橋の上で瞬きをする間に、一年近く前に時間が巻き戻っていた。

# 一

鈴木海路（すずきかいろ）は、ごく普通の高校生だった。

何をもって「普通」と呼ぶのか、定義は人それぞれだろうが、特筆すべきものがない、という意味で「普通」だ。

背丈は高一の段階で百六十五センチで、高くないけどすごく低いわけでもなく、それから高校を卒業するまで二センチしか伸びなかった。

顔も普通だ。イケメンともブサイクとも言われたことはない。髪の色は明るめだけど、癖っ毛のせいでもっさりしがちだ。

色白で目は大きいのにちょっと垂れ目で、鼻も口も小さいらしい。中学の時、同じクラスの女子に言われた。お笑い芸人の誰それに似ているとも言われたが、その芸人の顔を海路は知らない。きっとマイナー芸人なのだ。

知性も運動神経も、芸術的なセンスもすべてが中央値。もちろん、霊能力も超能力も持っていない。

あったらいいな、とは思っていた。顔でも能力でも何でもいいから何か、人からすごいと称賛される特別なものがあれば。

思うだけで、自分から何かを掴もうとするガッツもない。平凡で平和なぬるま湯に慣れきった、覇気のない今時の高校生だった。

家族は共働きの両親と、三つ上の大学生の姉が一人。

幼い頃から引っ込み思案だった。

小学校に上がっても、大勢でわいわいやるのが苦手で、同じような内向的な友達と、教室で本を読んだりおしゃべりしたりしているほうが楽しかった。いわゆる、陰キャというやつだ。

人と積極的にコミュニケーションが取れる陽キャが羨ましい。

俺とは種族が違うよね、なんて拗ねつつも、明るく華やかな彼らに憧れて、その輪の中に交ざってみたいとも思っていた。

だから高校の入学式で、同じ新入生の群れに小宮山蓮という生徒を見つけた瞬間、彼に強く憧れた。

新入生の中で一番背が高かったし、高身長なのを抜きにしても、特別に目立っていた。

モデルみたいに全身のバランスが取れていて、おまけに顔も整っている。

全体の顔立ちはキリッとして男らしいのに、切れ長の目元や、やや肉厚な唇の華やかさに、色気みたいなものを感じた。同じ制服を着ているのに、垢抜けていてうんと大人に見える。

頭もいい。海路が死ぬほど勉強を頑張ってようやく入った公立高校に、「学費が安かったから」という理由だけで入学したそうだ。

中学からバスケ部で活躍しており、噂では高校は強豪校に入る予定だったという。

中学三年の時に父親が亡くなり、下に弟が二人いる蓮は、自宅に近い今の高校を選んだのだとか。

海路は一年当時、蓮とは別のクラスだったし、中学も別で共通の友人もいない。そんな海路の耳にさえ、蓮の噂はあれこれ入って来た。教室にいると嫌でも、クラスメイトが蓮の噂話をしているのが耳に入ってくるのだ。

大袈裟でなく、みんなが小宮山蓮に憧れ、やっかみ、何がしか彼を意識していた。同級生ばかりか、二、三年の生徒でさえ、だ。

毎日のように蓮の噂を耳にして、蓮が現れるとみんな、ちらちらと彼を見る。

当の蓮はというと、そうした周囲の視線など気づいていないかのように、泰然としていた。いつ見かけても、同じような派手で大人っぽい男女の友人たちに囲まれていて、明るく自然な笑顔を振りまいている。

芸能人みたいだな、と海路は思った。小宮山蓮は、スクールカーストの頂点、キング・オブ・陽キャだ。

陰キャの自分は、百年かけても彼と仲良くなれそうにない。

それはわかっていたから、海路はただ遠巻きに蓮を眺め、憧れていた。

自分の恋愛対象はたぶん、同性だ。

海路がそのことに気づいたのは、中学生の時だった。小学校か、ひょっとするともっと以前、物心ついた時から何となくはわかっていたけれど、中学生の時に男性の韓流アイドルを好きになって、その時に自覚した。

もっともこの事実は、海路にとってそれほど深刻なものではなかった。

同性のアイドルやアーティストに憧れるのは、別に珍しいことではない。中学では恋愛なんかより、クラスでハブられないかとか、ぼっちを回避することのほうがずっと重要で、神経を使った。

しかし、高校に上がって小宮山蓮と出会い、海路は自分の性指向を以前よりほんの少し意識せざるを得なくなった。

海路も他の同級生と同じく、小宮山蓮に憧れていた。憧れの人が、すぐ間近にいる。姿を見るだけでドキドキして、目が合うと顔が赤くなりそうになって困った。

女子と同じ目で見ていることが知られたら、気持ち悪いと思われないだろうか。そんな不安が頭に浮かぶようになった。

ただやっぱり、それはそこまで深刻な事態ではなかった。

何しろ蓮は、同級生だけど芸能人と同じくらい、海路にとって遠い存在だったからだ。別のクラスでまったく接点がない。

たぶん蓮は、海路の存在すら知らないのではないだろうか。

それならそれでいい。高校の三年間、密かに彼に憧れを抱きつつ、言葉すら交わすことのないまま卒業するだろう。

悲しいけど、でも変に接点を持って、嫌われたり鬱陶しがられたりするよりは、交わらないままのほうがいい。

海路にとっては、推しが韓流アイドルから同級生に変わっただけで、何も期待はしていなかった。

それなのに、一年の終わり、海路は本気で蓮に恋をしてしまった。

「これが鈴木の傘だって証拠、あるのかよ」

年明け、一年生の三学期が始まってすぐのことだ。ちょっとしたアクシデントが、海路の身に降りかかった。

その日の最後の授業が終わる頃、急に雨が降って来た。終業後の教室では、傘を持ってきたの持ってきていないのと、クラスメイトがさざめいていた。

海路は折り畳み傘を持ってきていたので、それをカバンから出して机に置いた。トイレに行くのに席を立ち、戻って来たらもう傘がなかったのだ。

慌ててあたりを見回したら、クラスの女子生徒が海路の傘を持って、教室から出て行くところだった。

「あの、それ、俺の傘なんだけど」

クラスで一番可愛(かわい)いと言われている、派手めの女子だった。隣にはやっぱり陽キャなクラスの男子がいて、二人は手をつないでいた。

海路が声をかけると、女子は不機嫌そうに眉をひそめ、「何?」と、ぶっきらぼうに言った。

「それ、俺の傘なんだけど」

「は?　あたしの傘だけど。どう見てもあたしのでしょ」

何言ってんの、というふうに返されて、唖然(あぜん)とする。傘はライトグリーンで、男子でも女子でも使えそうな色だった。

女子があまりにも堂々として、なおかつプリプリと怒っているので、海路も自分の勘違いだったかも、と思いかけた。

「これが鈴木の傘だって証拠、あるのかよ」

彼女が怒っているので、隣にいた男子も海路を睨(にら)み、威嚇(いかく)するように前に出た。

「あ、うん。傘を巻いてるボタンのところに、名前が書いてあって」

傘を買ってもらった時、母が名前を書いてくれたのだ。小学生じゃあるまいし、と海路は呆れたけど、書いてもらってよかった。

名前を確認すれば、誤解かどうかわかる。そう思って言ったのに、女子はプイッとそっぽを向いた。

「ふざけんなよ。人を泥棒扱いとか、マジ気分悪いんですけど。……行こ」

彼氏の腕を引き、さっさと帰ろうとする。彼氏は止めてくれるかと思いきや、「お前、いい加減にしろよ」と海路を睨みつけた。たぶん、彼女にいい恰好をしたかったのだろう。

「待って」

突然の理不尽に晒され、海路は泣きたくなった。

立ち去ろうとするクラスメイトのカップルと、それを追いかけようとする海路、その前に立ちはだかったのが、誰あろう小宮山蓮だった。

実際はただ、蓮が逆方向から廊下を歩いてきただけなのだが、あの時の光景を思い出す時、海路は漫画の重要な一コマみたいに、蓮の登場シーンが浮かぶ。

ページを見開きでぶち抜いて廊下に立つ、かっこいいヒーローの姿だ。

「ごめん。大丈夫だった？」

蓮は女子にぶつかりそうになって、さっと身体をひねった。にこっと女子に笑いかける。

「あ、うん。平気」

目を吊り上げていた女子が、蓮の笑顔にたちまち顔を赤らめる。蓮は笑みを浮かべたまま、女子の片手にあった傘を指さした。

「その傘、さ。ちょっと見てもいい？」

カップル二人は、ぽかんとして蓮を見上げた。蓮の身長が高いので、見上げる形になるのだ。蓮は女の子に手を差し出す。無言の笑顔に気圧されたのか、女の子は傘を渡した。

「えっと、傘を巻いてるとこだっけ」

女の子の肩越しに、蓮がちらりとこちらを見た。海路が慌ててうなずくと、蓮は折り畳み傘のネームバンドの留め具を外して広げる。

「鈴木……これ、カイロって読むのかな」

ちょっととぼけた、でもよく通る声で、蓮がネームバンドに書かれた名前を読み上げる。

終業間もないこの時間、廊下にはまだ生徒がたくさんいた。

蓮は何もしなくても注目を浴びる存在だったし、それ以前から、海路とカップルのやり取りを立ち止まって眺めている野次馬の姿がちらほらあった。

「鈴木海路、さん？」

蓮は女の子に尋ねた。彼女は蓮の方を向いていて、海路の位置から表情は見えなかったけれど、言葉に詰まったようだった。

「ちょっと間違っただけじゃん。ひどいよ」

どうやら女の子は泣き出したようだ。なぜそこで泣くのか、海路は意味がわからずぽかんとした。

「そこで女出してくるの、すげえな。せっかく泣いてるんだし、彼氏が慰めてやったら？」

蓮はしかし、少しも慌てた様子はなく、大袈裟に感心してみせた。うつむく女の子の肩を彼氏が抱き、その場から離れていく。

蓮はそんな彼らに興味などない様子で、傘を持ったまま真っすぐこちらに向かってきた。海路の前で立ち止まる。

間近で見ると、小宮山蓮はますます大きく見えたし、顔立ちが整っていた。

「鈴木海路？」

推しが自分の名前を呼んでいる。海路は陶然としかけて、慌てて我に返った。

「あっ、そうです。俺です」

つっかえながら応えると、蓮はおかしそうに顔を歪ませた。

「同級生なのに、なんで敬語なんだよ。はい、これ。災難だったな」

そう言うと蓮は海路の手を取り、その手の平の上に折り畳み傘を乗せた。蓮の手は大きくてがっしりしていて、海路と比べると大人と子供みたいだった。

「あの、あっ」

ありがとう、と言うべきなのだろう。わかっているのに、声が出ない。憧れの人が目の前に

いて、話しかけている。

しかも彼は、海路のピンチを救ってくれたのだ。

「……ありがとうっ」

ぼんやりしている場合ではない。うろたえる自分を叱咤して、海路は口にすべき言葉をようやく発した。勢いあまって、不要に大きな声が出てしまったが。

「す、すごく助かった。これ新品だし、トイレに行ってる間になくなっちゃって、すごく困ってて」

どれだけ救われたか、ということを伝えたかったのだが、焦るあまり、支離滅裂になってしまった。

(俺、カッコ悪い)

これしきのことで、慌てふためく自分が恥ずかしくなった。でも蓮は、海路を馬鹿にしたりしなかった。

「そっか。戻って来てよかった。さっきの彼女がさ、その傘を『盗ってきた』って言ってるのが聞こえたんだ。その後すぐ、廊下で揉めてる声がしたから」

わざわざ、廊下を引き返してきたのだ。

「助けに来てくれたんだ」

海路が思わず言うと、相手は「いやいや」と、照れ臭そうに手を振った。

「ただの野次馬。つい声をかけちゃったけど、役に立ってよかった」

そうは言うけれど、野次馬は周りに大勢いて、誰も声をかけてはくれなかった。蓮だけが行動を起こし、海路を助けてくれたのだ。

「海路だっけ。じゃあな」

最後ににっこりと、太陽みたいに明るく笑って、蓮は踵を返した。大きな身体が遠ざかっていく。

（カッコいい……）

海路は全身が痺れるような感覚に酔いながら、ヒーローの背中を見送った。

遠い憧れの存在だった同級生に、恋をした瞬間だった。

かなり後になって振り返ると、この時の蓮はカッコいいばかりではなかったな、とも思う。

彼の意地の悪さが窺える言動が、そこかしこにあった。

女の子が泣き出したそばから（それがたとえ嘘泣きだったにしても）、「女出してくる」なんて発言をするのは感じが悪いし、大勢の前で傘のネームバンドにあった名前を読み上げたのも、いたずらに衆目を浴びる行為だった。

蓮ならば、もっと注目を集めず穏便にあの場を治められたに違いない。

とはいえ、彼が海路を助けてくれたのは事実だし、海路は心から蓮に感謝した。

クラスメイトに傘を盗(と)られた挙げ句、被害者のこちらが責められるという絶望的な状況だったのを、傘を取り返して相手をやり込め、スカッとさせてくれたのだ。

恋に落ちるのに、じゅうぶんな理由ではなかろうか。

とにかく、その日から海路は、より強く蓮を意識するようになった。

一方通行だし、この恋が成就する可能性はない。そういう点で、以前とは変わっていない。

海路自身、憧れと片想いを明確に区別する言葉を持たなかったが、あの日を境に蓮の存在を強烈に意識するようになったのは確かだ。

毎日、蓮のことばかり考えていたし、彼に少しでも近づきたいと思った。

あの出来事をきっかけに、目が合えば挨拶を交わすような、顔見知りくらいの関係になれればなと期待していたのである。

しかし、海路にとっては大事件でも、蓮にとっては些末(さまつ)な日常に過ぎなかったのだろう。

あれから目を合わせても素通りされたし、海路も自分から挨拶をする勇気がなかった。そうしているうちに三学期は終わってしまった。

二年生になっても、蓮とはクラスが別々だった。がっかりしたけれど、まあこんなものか、とも思う。

海路はその頃、パソコン研究会なんぞに入って、同じ陰キャの仲間たちと、それなりに楽しくやっていた。

蓮は相変わらずの人気者だった。バスケ部でも大活躍で、二年の一学期にはインターハイの予選ブロックを順調に勝ち進んでいた。

蓮が入部するまでのバスケ部は毎回、どの大会でも一回戦敗退の弱小チームだったそうだから、蓮がいかに活躍していたかわかろうというものだ。

そんなバスケ部が六月、ブロック準決勝で勝利を果たした。次はいよいよ決勝戦だ。学校も大いに沸いた。

ところが、である。決勝戦を目前にしたある日、蓮は事故に遭ってしまった。

大型トラックがハンドル操作を誤り、通り沿いのドラッグストアに突っ込むというもので、大破したドラッグストアの入り口と、大型トラックの潰れたファサードが、テレビのニュースに映し出された。新聞にも載った。

そのドラッグストアに、たまたま蓮がいたのである。

けれど、蓮は無事だった。これもたまたま一緒にいた、同じ高校の三年の男子学生が、蓮を庇ったのだそうだ。

庇った三年生は重体、救急搬送されたという。蓮はこの男子高生のおかげで、奇跡的にかすり傷程度で済んだ。

どういう状況だったのか、海路はニュースで得た情報しかないので、よくわからない。

当時、庇った当人は意識不明で、目撃者の女性の「一方の学生がもう一方の学生を庇った」という言葉が唯一の証言だった。

この「美談」は、事故の後追いニュースとして、テレビやネットのニュースにも大きく報道された。

インターハイの予選決勝目前のエースを、同じ学校の生徒が身を挺して庇った。字面だけ追えば、非常にドラマチックだ。

蓮にとっても、蓮を庇って重傷を負った三年生にとっても、災難は災難でしかないが、事故から決勝戦までの数日、学校もこのドラマに盛り上がっていた。

全国区で注目される中、蓮はその、膨らみに膨らんだ人々の期待を背負って決勝戦に望み——そして負けた。

「ここは勝つ流れだろ」

「小宮山って、普段はイキッてるけど、意外とプレッシャーに弱いよな」

決勝戦を終えた週明け、教室でそんな話をしているクラスメイトの声を聞いた。

勝手な言い草だ。いくら蓮が優れた選手でも、一人で勝負するわけじゃない。

(だいたい、小宮山君はイキッてなんかないのに)

蓮を妬んで、あることないこと言っている。イキってるのはお前だろ、と、その生徒に言えたらどんなにすっきりするか。

でももちろん、臆病な海路はクラスメイトに喧嘩を売る勇気なんてない。

蓮は海路を助けてくれたのに。周囲の放言に腹を立てながらも、何もできない自分が情けなかった。

その日、教室前の廊下で蓮の姿を見かけた。

彼は特に落ち込んだ様子も見せず、友人たちに囲まれて楽しそうにしていた。

「先輩を身代わりにしたくせに、笑ってる」

海路のすぐ近くで、誰かがそんなことを言うのが聞こえた。たぶん、蓮の耳にも届いたはずだ。

蓮は笑顔のまま、その声を黙殺した。

明るい彼の笑顔は普段と何ら変わらず、バスケ部の敗退も事故のことも、表向きは気にしていないように見えた。

蓮を庇った三年の男子生徒の名を、英光一という。

彼も蓮ほどではないが、校内では有名だった。何をしたというわけではなく、とにかく美形だったのだ。

蓮が男っぽく快活なイケメンなら、光一は穏やかで物静かな貴公子だった。母親がカナダ出身だそうで、薄い栗色のふんわりした髪に、淡く茶色いアイラインを引いたような、華やかな目元が印象的だった。

海路ももちろん、入学当時から光一の存在は知っていて、見かけるたびに、すごい美形だなあと感心していた。

彼が蓮の家の近所に住む幼馴染みで、昔から家族ぐるみで仲良くしていたというのは、事故の後に知ったことだ。

事故で重傷を負った光一は、一命を取り留めたものの、その年は長い入院とリハビリを余儀なくされた。

おかげで出席日数が足りなくなり、留年することになったのだが、海路は三年に上がって彼と同じクラスになるまで、その事実を知らなかった。

高校最後の学年で、海路は英光一と、そして小宮山蓮と同じクラスになった。

一学期が始まる直前にそのことを知った時は、夢見心地だった。

蓮と同じクラスになれた。これから毎日、教室で彼の姿が見られるのだ。

クラスの名簿に光一の名前もあって、たぶん去年の事故で留年したのだろうと気の毒に思ったけれど、それも一瞬だった。

一学期が始まるまでの一週間ほど、蓮のことばかり考えて浮かれていた。

あんまり喜んでいたので、姉に「何浮かれてんのよ。好きな子と同じクラスになったの？」と、ずばり言い当てられてしまった。

ふわふわした気分のまま春休みが終わって、四月の始業式の日、教室に入ってすぐ、窓際に立つ蓮の姿を見つけた。

降り注ぐ太陽の光を背に、彼は快活に笑っていた。

海路は男っぽい蓮の美貌にうっとりし、それから彼の隣にいる人物に目を留めた。

英光一だった。去年の一学期、蓮を庇って事故に遭った先輩。

留年したことも、同じクラスになったことも知っていたけど、蓮と仲良く談笑している姿に少し、驚いた。

「英先輩、成績は良かったのに、出席日数が足りなかったんだって。ほら、事故で大怪我(おおけが)したから」

教室の入り口近くにいた女子が、海路の視線に気づいたのか、こそっと教えてくれた。

彼女は去年、海路と同じクラスだった子だ。また同じクラスだね、よろしく、なんて言い合ってその場を離れた。

出席番号順になっている自分の座席を見つけて、腰を下ろす。しかし、海路の意識は蓮と光一に向いていた。

ちらりと窓際を見る。蓮と光一は、どちらも楽しそうだった。

「蓮ってさ、ほんとは馬鹿なんじゃないの？」

「いや、光一だって言ってたじゃん」

ご近所の幼馴染みという噂は、本当だったらしい。名前で呼び合う二人の間には屈託も、一学年の差も感じられなかった。

始業の鐘が鳴って、新しい担任が入ってくる。お決まりの挨拶をした後、入学式のために講堂と兼用になっている体育館へ移動した。

蓮と光一は、一緒に行動していた。海路は彼らの少し後方を歩きながら、光一が足を引きずっていることに気がついた。

事故が起こって、かれこれ十か月くらいになる。濃紺のブレザーをきちんと着てネクタイを締め、外見からは事故の傷跡は見当たらない。でもやっぱり、大変な事故だったのだろう。

「まだ、足が……」

「ね。可哀そう」

海路のすぐ後ろで、女の子二人がわりと大きな声で話すのが聞こえた。蓮が、ちらりとこちらを振り返る。顔は笑っていたけど、目は笑っていなくて、ひやりとした。

彼は海路を見たのではなく、その後ろの女子たちを見たのだ。

そう理解しながらも、怖くて思わず首をすくめた時、蓮の視線が手前の海路に移った。あっ、と小さく声を上げる。

「お前も同じクラスだったんだ」

屈託のない明るい笑顔がこちらに向けられる。光一もつられたように海路を振り返った。

光一を可哀そうと言った女子二人は、気まずかったのか、スーッと海路たちを追い越して先を歩いて行った。

海路はそうした光景を視界に映しながら、内心で舞い上がっていた。

蓮が自分を覚えていてくれた。認識してくれていた。海路が蓮と会話を交わしたのは、一年の時のたった一度だけだったのに。

「お前と同じクラスになるの、初めてだよな。えっと、小川だっけ」

「いえ、鈴木です」

「そうだ、鈴木だ。あとなんか、海にちなんだ名前だったよな。コンパス的な」

「海路です」

「いい加減だな、蓮は。そういうの、友達でも失礼なんだからね」

光一が笑い半分、半分は失礼を咎めるように、蓮を軽く睨む。それから海路に向き直った。

「鈴木海路君か。僕は英光一です。三年は二度目で……」

「あっ、はい、知ってます」

緊張して、余計なことを言ってしまった。おまけに、光一の言葉に食い気味に被せるなんて、失礼なことをしてしまった。

「えっと、あの、すごい美男子だから。一年の時から知ってました。小宮山君とはまた、違ったタイプのイケメンで」

焦りながら言った途端、蓮が噴き出した。

「美男子って言葉、久しぶりに聞いた」

「ちょっと照れ臭いけど、ありがとう。海路君て面白いね。あ、名前で呼んでもいい？」

蓮がおかしそうに笑うので焦ったけど、光一がおっとりした口調で割って入ったので、ホッとした。

「はい。あ、じゃあ俺も、光一君で」

なんて、調子に乗ってモゴモゴ返してみる。

それから三人で体育館へ向かった。人気者二人に囲まれて、おまけに光一からは、名前で呼び合う許可をもらった。

少女漫画の主人公になったような気分だった。

高校最後の一年は、蓮と光一と仲良くなれるかもしれない。一緒に帰ったり、放課後に三人で遊んだりして。

入学式と始業式を終えたその夜、海路は日中の出来事を反芻し、今後の高校生活について期待に胸を膨らませた。

結論から言うと、そんな都合のいい展開にはならなかった。

始業式は金曜日にあって、土日の休みを挟んだ後、月曜日に登校すると、蓮と光一はすでに、陽キャっぽいクラスメイト数名に囲まれていた。

海路が割り込む隙間なんて、一ミリもありはしなかった。もしあったとしても、たぶん入って行く勇気はなかったと思う。

朝の挨拶を交わす勇気すらなく、すごすごと自分の席に着いた。

今度のクラスは、海路が一、二年の時にいたクラスと違って、何となく垢抜けた生徒ばかりが揃っているように感じられた。

特に男子は、あまり仲良くなれそうな人たちがいない。話しかけやすそうな人もいるけど、すでにグループで固まっていたりしている。あとは、話しかけても返事がはかばかしくなかったり。

昼になって弁当を食べる時、入れるグループがなくて、海路は別のクラスにいるパソコン研究会の友人のところに行って、一緒に弁当を食べるようになった。

最初は、わざわざ違うクラスに行って弁当を食べるのが恥ずかしかったが、周りを見ると男子も女子も、クラスをまたいで仲のいい友達と休み時間を過ごしていることに気がついた。

　三年生ともなると、部活やらそれまでのクラスの関係やらで、すでに友人関係が固まっている。一人で弁当を食べている生徒もいて、海路は新しいクラスで新しい友人作りを頑張ろうとは考えなくなった。

　修学旅行は二年で済ませたし、文化祭も三年はそれほど力を入れたりしない。何と言っても三年生には受験がある。

　教室では目立たず無難に過ごし、大好きな小宮山蓮の姿を眺められれば、それで満足だった。

　その蓮は、いつも光一と一緒にいた。

　休み時間になると、蓮が光一の席に行く。その蓮の周りに陽キャなクラスメイトたちが群がる感じだ。

　学年が始まったばかりの四月の間は、留年した光一のことをみんな、とても気遣っていた。先生たちでさえ、光一のことを特別に気にかけているようだった。

　何人かの教師は、光一に直接、怪我の具合はどうだと尋ねていたし、授業中にみんなの前で、「英なら、テストは問題ないよな」「英の成績なら大丈夫」などと、彼を持ち上げる発言を繰り返す教師もいた。

　光一の留年は怪我の療養によるもので、本人には一切の落ち度がない。先生たちも、そのことを強調したかったのだろうし、純粋に彼の境遇に同情し、案じていたのだろう。

ただ、みんながあまりに光一を気遣い、腫れ物扱いするので、それはそれで気の毒だなと海路は思っていた。

自分が光一だったら、大丈夫？　とか、可哀そう、とか言われるより、そっとしておいてほしい。

その点、蓮の光一に対する態度は、とても自然に見えた。

移動の時はさりげなく、蓮が光一のそばに付いていて、光一のペースで歩いている。

授業終わりなど、蓮が光一に勉強のわからないところを教わっているのも見た。

光一は成績優秀で、大学は医学部を目指しているそうだ。

おっとりはんなりした光一は、あまりガリガリ勉強をしているようには見えないが、教師や蓮の態度から察するに、留年する前はかなり成績優秀だったのだろう。

蓮がざっくばらんに光一に接するので、始業式の頃はギクシャクしていた周りのクラスメイトも、次第に光一の存在に馴染み始めた。

四月が終わる頃にはもう、蓮と光一を取り囲んで定番のグループが出来上がり、まるで一年の時からそうしていたかのように、楽しそうにしていた。

海路は教室の端で、眩しい彼らを眺めていた。

男女混合のグループで、女子も男子も、物怖じせず冗談を言い合い、肩を組んだりしている。

海路なんか、女の子に触れたらあたふたしてしまうのに。

ずっと男女共学だったとか、そんなことは関係ない。陰キャの男友達とばかりくっついていたから、異性を前にどんな顔をしたらいいのかわからないのだ。行動する前からあれこれ心配して、怖気（おじけ）づいてしまう。

なのに蓮も光一も、それに彼らのグループの男女も、ごく自然に意識せず、同性異性と接している。

ああいうのをリア充って言うんだろうなと、海路は素直に感心していた。

精神が強いのだ。彼らがうんと大人びて見えた。

彼らみたいな性格だったら、きっと学校も毎日楽しいんだろうな、と思う。

きっと、蓮や光一には付き合っている彼女だっているんだろう。どんな女の子だろう。同じグループの女の子だろうか。

海路は目の端に彼らを捉えながら、勝手な想像を巡らせる。

同じクラスになっても、蓮はやっぱり遠い存在だった。以前と何も変わらない。

少なくとも、四月が終わり、五月のゴールデンウィークが明けるまで、蓮は蓮のまま、光一の隣で屈託なく快活に笑っていた。

蓮が変化したその境目は、三年のゴールデンウィークだと、海路は断言できる。明るく快活だった蓮は、この時期を境にいなくなった。

誰が見てもわかるくらい顕著な変化だったから、クラスのみんなが驚いたものだ。光一だって心配そうにしていた。

蓮の身に何が起こったのか、海路が真実を知るのは、もっと後になってからだが、五月の連休に入るまでは、確かに元の蓮だった。

海路がそう断言できるのは、連休が始まる前日、五月の二日に、蓮と会話を交わしたからだ。

「鈴木。お前、連休はどっか行くの」

それは、五時間目の体育の授業だった。

良く晴れた暑い日で、グラウンドでランニングをさせられていた。何周とは決まっておらず、走れるだけ走れ、というざっくりしたものだ。

受験前の体力づくりだと先生は言っていたが、手抜きの授業としか思えない。

海路はすぐにへばってしまい、同じように脱落した生徒たちとグラウンドの隅でしゃがみ込んでいた。

蓮は恐らく、本気を出せばずっと走り続けられただろう。海路が脱落した後も、余裕の顔でグラウンドを回っていた。

しかし、脱落者の数がある程度増えてくると、歩調を緩め、走るのを止めた。

「小宮山ぁ、お前はもっと走れるだろうが」

体育教師が笑いながら睨んだが、蓮は「もう限界です！」と、笑顔で返していた。

蓮はなぜか真っすぐ、海路のほうへ歩いてきた。海路の隣に座り、「疲れた」とぼやく。

突然のことで、海路は焦りまくった。なぜ、蓮は仲のいいクラスメイトではなく、海路の隣に来たのか。

理由はすぐにわかった。蓮と同じグループの男子二人は、まだグラウンドを走っていた。

光一は、体育の授業の時は保健室にいる。彼の足ではまだ、運動には加われないからだ。留年した時、あらかじめ取り決めがされていたのかもしれない。

「こ、小宮山君はまだ、ぜんぜん余裕そうだね。俺なんか、五周でへばっちゃった」

たまたまだろうけど、蓮が隣に来てくれた。しかも話しかけてくれた。さっきの「疲れた」は、独り言かもしれないけど。

でも嬉しくて、海路は焦りながらも頑張って話しかけた。蓮は遠くを見ながら、「いや、マジでもう無理」と答えた。

「二年の頃は、もっと走れたんだけどなあ。部活引退したら、途端に体力が落ちたわ」

「引退したの？　バスケ部を？」

運動部は大抵、三年の夏くらいに引退する。バスケ部もまだ、引退の時期ではないはずだ。

何気なく交わされた言葉に、海路はびっくりして思わず素っ頓狂な声を上げた。蓮が意外そうにこちらを振り返る。

「知らなかった？」

「うん。ぜんぜん知らなかった。まだバリバリ現役だと思ってた」

素直に言うと、蓮は「バリバリって、何」と、おかしそうに笑った。

「受験に専念しないといけないからな。俺んち、浪人は許されないんだ。大学受験のチャンスは現役の一回だけって約束なんだよ」

「厳しいんだね」

海路たちの高校の生徒は、ほとんどが大学に進学する。

専門学校への進学も何割かいるが、就職はほぼゼロだ。大学受験に失敗した生徒は、大体が浪人して翌年のチャンスを狙う。

海路はまだ両親に確認していないが、姉の受験の時に「一浪くらいは覚悟してる」と言っていたから、自分も一浪はさせてもらえるだろうと思っている。

だから深く考えずに言ったのだが、すぐに後悔した。

「まあ、経済的にな」

蓮がまた、遠くに視線を移しながら言った。そういえば、蓮の家はひとり親で兄弟がいると言っていたっけ。

何と返したらいいのかわからず、海路は焦った。「そ、そうなんだ」と、ぎこちない言葉しか出てこなかった。

こちらが気まずく思っているのを察したのだろう、蓮はすぐに話題を変え、「連休はどっか行くの」と、尋ねてきたのだった。

「特に予定はないかな。たぶん家でゴロゴロしてる。ゲームしたりとか。あ、家族で食事には行くかもしれない」

言ってから、我ながらつまらない返答だと思った。友達と遊びに出かける予定もないことを、揶揄されると覚悟した。友達いないの？　と聞かれたら、何て答えよう。

でも蓮は、そんな意地の悪いことは言わなかった。

「家族と食事か。いいね」

蓮は言い、ニコッと笑った。たまに見かける、人懐っこい笑顔だった。

二人きりの会話は、たったそれだけだ。

その後すぐ、蓮と仲のいい男子たちが走るのを止め、こちらに歩いて来た。海路は彼らの輪に交ざる勇気はなく、そっと蓮から離れた。

ほんの数分の会話だったが、海路にとっては信じられないような幸せな時間だった。ものすごい幸運が巡ってきたように思えた。

好きな人に話しかけられた。相手の方から話しかけてくれた。嬉しくて、その日ばかりか連休中も、体育の授業中に起こった些細なエピソードを繰り返し反芻した。

蓮の笑顔も、何度も思い出した。

太陽みたいに明るい、どんな我がままを言われても許してしまいそうな、人懐っこい笑顔。

でも、それが最後だった。

それきり、海路があの明るい蓮の笑顔を見ることはなかった。


ゴールデンウィークが明けたその日、五月七日の火曜日、海路はいつもより一本早いバスに乗って登校した。

母に、いつもより早く起こされたのだ。

「休み明けはあなた、いっつもグズグズして起きないじゃない」

あと十分寝られたのに、と海路が文句を言うと、母はカリカリした口調で返した。

ベランダで洗濯物を干していた父も、憂鬱そうな顔で「仕事行きたくないなあ」とぼやいていたから、連休明けのだるさは大人も変わらないのだろう。

「もっと寝たかったのに。姉ちゃんはいいよね。俺も早く大学生になりたい」

大学生の姉は、パジャマのままリビングに現れ水を飲み、もう一度、自分の部屋で寝なおそうとしていた。弟の言葉に、姉は素っ気ない言葉を返す。

「なれたらね」

大学に合格したら、という意味だ。こっちは仮にも受験生なんだから、もっと言葉には気を遣ってほしい。朝からイライラしながら家を出た。

バスに乗ると、イライラは憂鬱に変わった。何があるというわけではないが、とにかく学校に行くのがだるい。

(小宮山君、また話しかけてくれないかなあ)

自分から話しかける勇気がないので、いつでも他力本願だ。

蓮と仲良くなる妄想をしながらバスを降りると、なんとそこに本人がいた。

(すごい、ラッキー)

現金なもので、早く起こしてくれた母に感謝した。

蓮の隣には光一の姿もあった。二人はご近所同士だというから、いつも一緒に登校しているのかもしれない。

二人は海路から十メートルほど離れた前方を、光一のペースでゆっくり歩いていた。

普通に歩いていたら、追い越してしまう速度だ。海路はできるだけ長く蓮の姿を眺めていたくて、歩調を緩めた。

気づかれたら、何食わぬ顔で挨拶をしよう、などと考える。

二人は背後の海路には気づかず、ぽつりぽつりと言葉を交わしていた。

「ねえ、蓮。昨日はほんとに、うちの母も喜んでたんだよ。夕飯も食べてくれればよかったのに、って言ってた。前みたいにまた、うちに顔を出してくれたら、母も喜ぶよ。兄も家を出ちゃって、父は相変わらず忙しいから」

光一が蓮に話しかけている。どうやら昨日は、蓮が光一の家に行って、おまけに夕食に誘われたらしい。

いいなあ、と、海路は心の中で羨ましく思う。うちにも蓮を招きたい。

「ああ」

少し長すぎるくらいの沈黙の後、ぽつりと蓮がつぶやいた。

「前みたいに、お互いの家を行き来できたら嬉しい。光一の受験勉強を邪魔しないようにするから、また遊びに行ってもいいか？」

それを聞いて、海路はびっくりした。言葉の内容にではない。蓮の声音に驚いた。

まるで別人の声に聞こえた。

後ろ姿は確かに蓮だし、光一もはっきり「蓮」と呼んだから、蓮本人に違いないのだろう。でも何だか、彼らしくない声だった。しゃべり方も以前とどこか違う。

不可解なほど落ち着いた、大人っぽい話し口調だった。声が低く沈んで聞こえるのは、この話し方のせいだろうか。

海路は思わず立ち止まり、まじまじと蓮の後ろ姿を眺めてしまった。

いつもの、蓮の後ろ姿だ。一年の時からずっと、その背中を見てきたからわかる。

彼は確かに小宮山蓮だった。なのに、でも、何かが違う。

急に立ち止まったからだろうか。隣にいる蓮に目を向けていた光一が、わずかに首をひねってこちらを向いた。

つられて蓮も振り返ったので、海路はびくりとしてその場に固まってしまった。

「おはよう、海路君」

光一がはんなり微笑(ほほえ)んで挨拶してくれた。他の陽キャなクラスメイトだったら、「お前、なんでビビってんの」なんてからかわれただろう。でも光一はそんなこと言わない。

変わらない光一の態度にホッとしながら、おはよう、と返した。それから蓮に視線を移す。

「おはよう、海路」

海路と目が合うと、蓮はすぐに挨拶してくれた。けれど海路はそれにも、強烈な違和感を覚える。

蓮の表情には、いつもの明るさがなかった。

こちらを見る眼差(まなざ)しが冷たく、まるで他人を見るようなのだ。光一に倣(なら)って反射的に挨拶したけれど、海路のことなんか覚えていないのではないか。そんなよそよそしさを感じた。

怒ってるのかな、俺、何かやらかしたかな、と海路は不安になった。

それくらい無表情なのだ。普段の蓮は、もっと覇気があって、たとえぼんやりしていても陽気で元気そうだった。

なのに今は、陰鬱とまでは言わないまでも、どこか疲れて見える。

さっき、自宅のベランダで「仕事行きたくないなあ」とぼやいていた、海路の父みたいに、憂鬱そうだ。

「小宮山君、大丈夫？」

海路は思わず声を上げていた。蓮と光一が同時に目を瞠ったので、おかしなことを言ってしまったと後悔した。

「あの、ごめん。なんか今、すごく疲れて見えたから。大丈夫かなって思ったんだけど」

海路は焦って言いわけをまくし立て、蓮はそんな海路にさらに面食らったように、何度か目を瞬かせた。

光一がそんな二人の顔を交互に見比べてから、「だよね」と海路にうなずく。

「今日の蓮、なんかちょっと変だよね。不機嫌そうっていうか。僕は、怒ってるのかなって思っちゃった」

「怒ってない」

すかさず蓮が、ぶっきらぼうに言った。その言い方が怒っている風だと自分でも気づいたのか、「怒ってない」と、もう一度言い直した。

「疲れてるのは、その通りかもな。昨日はよく寝られなかったから」

行こう、と光一を促す。軽く光一の背中に手を回して、まるで彼女をエスコートするみたいな仕草だった。

「海路も」

最後にこちらを振り返り、ぼんやり立っている海路に言う。

「あ、うん」

二人の後について歩きながら、やっぱりおかしいと海路は思った。

たとえば呼び方。蓮は連休前まで、海路のことを「鈴木」と、苗字で呼んでいた。彼にとっては呼び方なんて、名前でも苗字でもどうでもいいことなのかもしれないが。

でも何となく、何かが奇妙に感じる。蓮のどこかが決定的に変わってしまって、元の彼ではなくなってしまったような、そんな雰囲気がある。

目の前にある蓮の広い背中を見つめて歩きながら、海路は薄っすらと不安を感じていた。

蓮の異変は、他のクラスメイトたちも当然気がついて、ちょっとした騒ぎになった。

「小宮山、なんか雰囲気違くない?」

という声を、その日の教室で幾度となく聞いたし、教師たちも、

「小宮山は、今日はやけに大人しいな」

と、訝っていた。蓮は普段から、授業中に騒いだりしない。でもムードメーカーで、彼が何か言うだけでギスギスしていた空気が和んだりした。

先生たちも、そういう蓮を頼りにしているところがあった。

けれど今日の蓮は、気だるげに肘をついてにこりともしない。どうかしたのかと周りに聞かれても、

「いや、別に。ちょっと寝不足でだるいだけ」

と、緩慢な態度で応えるばかりだ。

特別に不機嫌なわけでもないが、普段から愛想がよかっただけに、無表情になるとひどくぶっきらぼうに感じる。

クラスの女子が何人か集まって、「今日の小宮山君、怖いね」と言っていたのは、そういうわけなんだろう。海路は、蓮を怖いとは感じなかった。

ただ疲れて見えて、周りに気を遣う余裕がないのかなと思う。

そう考えると、以前の蓮は一見、屈託がなさそうでいて、実はとても繊細に周りに気を遣っていたのかもしれない。

寝不足でだるい、と言うなら、寝不足が解消されればまた、元の蓮に戻るのだろう。

海路は蓮の言葉を正面から受け止めて信じていたが、翌日になっても蓮は気だるげなままだ

った。

その翌日も、また次の日も。週明けになったら戻っているかと思ったけれど、蓮は変わらなかった。

ずっと、日常に倦んだような、無表情に近い物憂い顔のまま、口数もめっきり減って、同じグループの仲間と談笑することもなくなった。

以前と比べて不愛想で取っつきにくいせいか、彼の周りに集まっていた仲間たちも、一人、また一人と離れていき、月が替わって六月になる頃には彼らはもう、「小宮山のグループ」ではなくなっていた。

光一だけが変わらず、蓮と一緒に行動をしていた。

蓮のほうが光一にぴったり付き添っている、と言うのが正しいかもしれない。

四月に同じクラスになってから、蓮は光一といつも一緒にいた。さすがにトイレは一緒ではないかもしれないが、教室移動から昼休み、下校時に至るまで、体育の授業を除けば常に二人で行動していた。

そのことを、端で見ていて不自然に感じたことはなかった。お互いに気の置けない感じで、兄弟みたいに仲が良さそうだった。

でも今は、何となく二人の関係に違和感を覚える。

蓮の光一に対する態度が、過保護というか、束縛の強い彼氏みたいに感じるのだ。

例えば人通りの多い校舎の廊下を歩く時、蓮は光一を脇に寄せ、騒いだり広がって歩いたりする生徒たちから守って歩く。

登下校中は、いつ見ても蓮が車道側を歩き、車が通ると蓮はさりげなく、光一の背中に腕を回して車から庇うような仕草を取る。

連休明けの初日に、まるで彼女をエスコートするみたいだなと思ったけれど、ずっとそれが続いている感じだ。

「そんなに気を遣わなくても、大丈夫だよ」

ちょっと気が立った口調で、光一が蓮に言っているのを、海路は聞いたことがある。たまま、下校時間が一緒になった時だ。

期末テストを目前に控えた時期で、外はもう真夏みたいな気温だった。道路のアスファルトから、ゆらゆらと陽炎(かげろう)が立ち上っていた。

海路はその日も、蓮の後ろ姿を長く眺めていたくて、二人からやや離れた後方をゆっくり歩いていた。

「悪い。癖で、どうしてもな」

蓮は言い訳みたいに、ボソボソ答えていた。癖ってなんだろう。エスコートする癖ってことか。彼女ができたのだろうか。

「癖ってなに。もしかして、彼女できた?」

光一が、海路の内心をそっくりそのまま声に出していた。いたずらっぽい、好奇心たっぷりの声だ。

言葉に詰まったのか、蓮はしばらく沈黙していた。

「彼女なんかいない」

やがて聞こえてきた低い声は、どこか窮屈そうで、苦しげにさえ聞こえた。

光一もすぐには言葉を発しなかった。少し歩いてから、ぽつりと言った。

「彼女、作ればいいのに。蓮、モテるでしょ」

蓮は何も言わない。光一はまた、ぽつりと言葉を紡いだ。

「そこまで、僕に気を遣わなくてもいいんだよ」

悲しそうな声に、海路はハッとした。

光一は蓮を庇って、重傷を負った。成績優秀なのに留年して、一年経(た)った今でもまだ、足を少し引きずっている。

庇ったほうも庇われたほうも、何も感じていないはずはない。

二人がとても仲良しで楽しそうに見えたから、忘れていた。

この場から早く離れよう、と海路は思った。これは、自分が盗み聞きしていい会話じゃない。

「気なんて遣ってない。俺は……」

蓮が何か言いかける横を、海路は足早に通り過ぎた。

「さ、さよならっ」

追い越しざま、勇気を出して声をかける。緊張して、声が裏返ってしまった。

素っ頓狂な声に、蓮と光一が驚いて振り返った。二人の反応が……無視されたり、呆れられたりしたらと勝手に想像して……怖くなり、顔も見ずに逃げ出した。

聞き耳を立てていたのがバレませんようにと、心の中でひたすら祈った。

そんな感じで、海路は蓮と光一の関係について、ずっと傍観者だった。

舞台なら、主役の二人に対し、海路は一度もスポットライトの当たらないモブだ。

蓮にとっては名前を知っているだけの、ただのクラスメイト。事実、蓮が海路を意識したことなど、ほとんどなかっただろう。

蓮に彼女ができようができまいが、光一との間にどのような屈託があろうと、海路の人生には一ミリも関係がない。

だから、蓮の変化に戸惑いながらも、なぜ彼は変わったのか、問いかけることさえできなかった。

やがて夏休みが過ぎ、二学期になっても、蓮は憂鬱そうで、何を考えているのかわからないままだった。

しかしこの頃には、暗くて不愛想な蓮がデフォルトになっていて、クラスメイトも含めて同級生たちは、彼に不用意に近づくことはなくなった。

「小宮山君、怖くなったね」

と、蓮に憧れていたらしい女子たちが噂していた。

確かに、明るさや人懐っこさを排除すると、蓮は威圧的で恐ろしく見えるのかもしれない。身体が大きいし、キリッとした眉や精悍（せいかん）な美貌が、厳めしい印象を与えるのだろう。キャラは変わっても、それでもやっぱり蓮はカッコよくて、女子たちも「怖い」と言いながら、憧れ続けているようだ。

海路も同じだ。以前の蓮も今の蓮も、どちらも好きだった。

ただ、今の蓮は、いつも疲れているようだった。二学期になって、一学期よりも蓮の影が濃くなった気がした。

蓮はこのまま時が経つにつれて、どんどん暗く沈んでいくんだろうか。どこまでも深く沈んで、彼はどうなってしまうのだろう。

海路は蓮のことが心配になった。何か、悩みがあるのかもしれない。受験のこととか？　父親が亡くなったというから、経済的なことだろうか。

あれこれ考えて不安でたまらず、それでついまた、蓮に尋ねてしまったのだ。

「小宮山君、大丈夫？」

と。十一月の初め、放課後、文化祭の準備をしていた時のことだった。

海路たちの学校は毎年、十一月二日と三日に文化祭が行われる。と言っても、三年生は受験で忙しいから、凝った催しをするクラスは少ない。

海路たちのクラスも、当日のリソースが少ない「フォトスポット」に決まった。

教室を適当に飾り付けて、ここで記念写真を撮ってくださいね、とやるのだ。

この手の「展示」は人気で、毎年、二つ三つ「フォトスポット」をやるクラスがある。テーマを決めて、凝った飾り付けをするクラスもあるが、手を抜けば飾り付けなど一日でできるし、当日は受付に二人くらい置けばいいから、楽でいいのだ。

それで文化祭の前日、授業が終わると、クラスの中で残れる生徒だけ残って飾り付けをすることになったのだった。

有志だけ、強制ではなかったから、クラスの半分以上は帰ってしまった。

海路は残ったけれど、蓮と光一も残ったのは意外だった。

以前の蓮なら、仲間を集めて「みんなでパッと終わらせようぜ」くらいのことを言ったかもしれない。でも今の蓮は、こういう学校行事は面倒臭がりそうに見えた。

「小宮山も残ったんだ」

みんな同じことを思ったのか、誰かが蓮に声をかけていた。

蓮がなんと答えたのか聞こえなかったが、海路もやがて、彼が残った理由を理解した。光一が残ったからだ。彼は教室の椅子に座り、女子たちとにこにこ楽しそうに話しながら、薄手の色紙で花を作り始めた。

「ポンポン作るなんて、小学校以来かも」

いつもは蓮の隣で控えめに微笑んでいる光一は、紙製の花作りを心から楽しんでいるようだった。

柔和な美形の光一が子供みたいにはしゃぐから、女子たちも楽しそうだ。男子も気のせいかほっこりしているようである。

蓮は光一から離れた教室の端で、二人の文化祭委員と大きな看板を作っていた。海路は小ぶりの案内板をいくつも作る係だ。

やがて、ポンポン係から、「ホチキス針が足りなくなった」という声が上がった。

「俺、買ってこようか」

海路はちょうど、一つ案内板を作り終えたところだったので、何気なく申し出た。他に手を挙げる人がいなかったので、文化祭委員が「それじゃあ、悪いけどお願い」と手を合わせた。

「そしたら、近くのコンビニを回ってみるよ」

そんなやり取りをしていたら、近くにいた男子が調子に乗って、

「ついでに、コンビニでサンドイッチ買ってきてくれない？　腹減ったから」

などと言い出した。その友人たちも「じゃあ俺、おにぎり」などと言い出す。

正直、面倒だなと思った。買い出しくらい構わないけど、男子の海路を見る目が舐め切っていて、嫌な感じだった。

こういう時、お金を海路に立て替えさせておいて、ちゃんと払ってくれなかったりする。海路もやられっぱなしではなく、きちんと抗議をするけれど、そういうやり取りが憂鬱なのだ。

やだなあ、と思っていたら、女子までもが「お腹空いたね」なんて言い合うようになった。文化祭委員の二人が、どうしようか、というように顔を見合わせる。

その時、床に膝をついて看板に文字を描いていた蓮が、立ち上がった。

「そんなん、一人じゃ無理だろ。俺も行くよ」

それじゃあ私も行く、俺も、とクラスメイトが言い出すのを、蓮は「二人でいい。それより、自分の分担、早く終わらせろよ」と、一蹴した。

ついでにその場の意見を取りまとめ、個人の買い出しはせずに全員の小腹を満たす間食と飲み物を買ってくることになった。

個別の買い出しに応じていたら、文化祭の準備が滞ってしまう。文化祭委員は蓮に感謝していたし、海路も感激した。

蓮がまた、助けてくれた。海路は一年生の時、彼に助けられたことを思い出していた。盗まれた傘を、蓮が取り返してくれた。今回もまた、困っているところを助けてくれた。おまけに、蓮と二人きりで買い出しまで経験できるなんて。高校生活の思い出になる。嬉しかった。我知らず、ニマニマしてしまったらしい。

「パシリにされて、何喜んでんだよ」

蓮と並んで歩いていたら、呆れた声で言われた。

「え、いや、パシリは嫌だけど。あの、ありがとう。助けてくれて」

嬉しい気持ちのまま、隣を見上げる。冷たい瞳にぶつかって、ヒュッと気持ちが縮んだ。

「助けたわけじゃない。あんなんいちいち聞いてたら、準備が終わらないだろ。俺は早く帰りたいんだよ」

とても迷惑そうに言うので、海路は調子に乗ったことを後悔した。ごめん、とつぶやいてうつむく。

「そ、そうだよね。もたもたしてごめん」

上からため息が聞こえて、海路はまた縮こまった。

「そんなにビビられると、俺がいじめてるみたいだろ。お前に怒ってるんじゃねえよ。調子に乗って人をパシらせてる奴(やつ)らに腹が立ってるんだ。みんな喋(しゃべ)ってばっかで効率悪いし」

それを聞いた海路は、そういえば蓮は、ほとんど誰とも喋らずに黙々と作業をしていたな、と思った。

光一を含め、自主的に残ったクラスメイトのほとんどは、おしゃべりをしながら、その場の雰囲気を楽しんでいるようだった。

それが本来の、文化祭の醍醐味というやつなのだろう。展示物を作るのが目的というより、みんなで一つの物を作り上げる、そういうやり甲斐とか楽しさを共有するのが、文化祭や準備期間の意義なのだ、たぶん。

海路はどちらかというと、人手が集まらなくて文化祭委員が困ったら可哀そうだな、と思って残った。早く終わらせて帰りたいのは、蓮と同意見だ。

でも、と海路は思う。

以前の、明るい蓮だったらたぶん、「早く帰りたい」なんて言わなかっただろう。

「十一月なのに、気温が高いな」

晩秋とは思えない、午後の強い日差しに目を眇めながら、蓮はつぶやく。そうだね、と海路はうなずいた。

学校近くのコンビニで、買い物はすべて事足りた。店には同じ学校の生徒たちがひっきりなしに出入りしていて、慌ただしくも楽しそうなその雰囲気が、いかにも文化祭らしい。

蓮はてきぱきと買い物を済ませていて、そうした生徒たちにまったく興味を持っていないようだった。

文化祭の準備など、面倒でしかないと思っていて、とにかく早く終わらせたいと考えているのがありありな態度だ。

どうしてそうなっちゃったんだろうな、と海路は気だるげな蓮の横顔をチラチラと盗み見ながら考えた。

四月までは、あんなに楽しそうだったのに。

「小宮山君、大丈夫？」

コンビニから学校に戻る途中の道で、海路はつい、そんな問いを発してしまった。

遠くの校舎を見て、蓮が小さくため息をついたからだ。

「ん？　これ？　平気だけど」

蓮は、買い物の荷物のことだと解釈したらしい。ペットボトルで重くなったレジ袋を持ち上げて、そう答えた。

「や、そうじゃなくて」

海路は否定を口にしてから、何を言うつもりだったのだと我に返る。

いつも疲れているような、倦んだ様子の蓮が気がかりだった。でも、それを聞いたところでどうなると言うのだろう。

悩みを聞いたとして、海路にできることなんて、たぶんほとんどない。海路が解決できるなら、蓮がとっくに自分でやっているだろう。

「えっと、ごめん」

そこまで考えて、海路は言葉を濁した。でも蓮は、空気を読んでくれない。

「何？　気になるから、はっきり言ってほしいんだけど」

威圧的、というほどでもなく、しかし押しの強い口調で言われて、海路は退路を断たれた気分になった。

「あの、小宮山君、前と雰囲気が変わったし、なんかずっと……五月から、疲れてるみたいに見えるから。俺の気のせいだったら、ごめんね。えっともし、もしも悩みがあるなら、俺でよければ聞くし。聞いたからって、別に何もできないけど」

海路はしどろもどろに言った。自分なりに懸命に言葉を伝えたのだが、蓮は相槌すら打たず、前を見たままだ。

何も返事が返ってこないので、海路も黙り込んだ。「滑っちゃったなあ」と反省する。

面白い話をしようとしたわけではないが、今の受け答えはたぶん、エラーだった。そもそも、大丈夫？　なんて聞かなきゃよかった。

会話が途切れたことを勝手に解釈して、しゅんと萎れていたら、蓮が唐突に口を開いた。

「別に、悩みがあるわけじゃない。ただ、疲れてるっていうのは、当たってるかもな」

海路は反射的に、蓮を振り仰いだ。蓮は前方に視線を向けたままだ。

でも、こちらの言葉に答えてくれた。無視されていたわけではなかった。

「前にも、お前に聞かれたな。大丈夫？　って。俺、そんなに大丈夫じゃなく見える？」

蓮は前を向いたまま、そんなことを聞いてきた。ちょっと皮肉っぽく聞こえて怖い。海路は頭をフル回転させ、必死に言葉を選んだ。

「そ、そういうわけじゃないよ。ただ、以前の小宮山君は太陽みたいに明るくて、積極的だったから」

「太陽って……。そんなに明るかったか？　ガキっぽくて、馬鹿みたいだったとは思うけど」

そう言った蓮の横顔は、自嘲で歪んでいた。彼が自分のことを、そんなふうにネガティブに捉えていたなんて、海路には不思議だった。

「え、そんなことないよっ。確かに今のほうが大人っぽいけど、俺から見たら前も大人っぽかったし、ぜんぜん馬鹿みたいじゃないよ。カッコよかったよ」

海路は一年の頃からファンだったし、片想いしていたのだ。卑下する必要なんてない、という気持ちを伝えたくて、言い募った。

これには、「それはどうも」という、苦笑を含んだ声が返ってくる。

「俺は大丈夫だよ。ただ、ちょっとかったるいってだけ。海路だってあるだろ。特に意味はないけど、学校に行きたくないなって思うことが」

それはいつもある。海路はうなずいた。

「でも、ちゃんと学校に来て、文化祭の準備も残ってるんだね」

「準備は、光一に付き合ってるだけだ。あいつ、去年は参加できなかったから」

蓮は言って、前方に見え始めた高校の校舎を見る。

去年の文化祭に光一が参加できなかったのは、事故の怪我のためだ。蓮を庇ったから。

海路は一学期の期末テスト目前の、二人の会話を思い出した。

――そこまで、僕に気を遣わなくてもいいんだよ。

――気なんて遣ってない。俺は……。

夏の放課後の風景が、わけもなく悲しく見えた。二人の間にある複雑な感情を考えると、胸が痛む。

とはいえ、それは蓮と光一の問題だ。海路が同情するのはおこがましいだろう。

感傷を振り払い、何か気の利いた返しを探した。

「光一君のこと、すごく好きなんだね」

この場合の「好き」はもちろん、友情の意味だ。仲良しなんだね、という当たり障りのない言葉をかけるつもりだったのに、気の利いたことを言わなきゃ、と思うあまりに微妙な発言になってしまった。

驚いたのは、何気ない海路のその言葉に、蓮の顔がはっきりと強張(こわば)ったからだ。

そして相手の表情の変化を見た途端、海路は気づいた。気づいてしまった。普段は決して、こういう勘が鋭いほうではないのに。

たぶん、海路でなければ気づかなかっただろう。同じ……同性が恋愛対象でなければ。

そうなのかと、驚くのと同時に、腑に落ちる部分もあった。

蓮が光一を見つめる時の、気がかりそうな眼差し。光一をエスコートするような、恭しい仕草。

幼馴染みだからとか、親友だからだと納得しようとしていたが、蓮の光一に対する言動を見るたび、小さな違和感を覚えた。

でも、だから、そうなのだ。

「ごめん……」

海路は気づくと、謝罪を口にしていた。

失言だった。言うべきじゃなかった。図らずも、蓮が隠していたものを暴いてしまった。

内心で、軽いパニックになるほど焦っていた。自分も同類だと言うべきだろうか。気にすることはないって慰める?

「どうして、そこで謝るんだよ」

はっ、と神経質な笑いを漏らし、蓮が言った。海路が呆然と見上げると、彼は笑いの形に顔を歪める。

「好きだよ」

こちらを見つめたまま言うので、どきりとしてしまった。もちろん、光一のことだ。

海路は自分がどんな顔をしているのかわからなかったが、相当うろたえた表情だったのだろう。蓮は笑みを深くした。

顔立ちが整っているぶん、ひどく冷たく見えた。

「中学ん時から好きだ。ずっと好きだった」

言葉の重みが脳に到達するまで、少しかかった。数秒経って、ようやく理解する。

これは自分にとって、とても残酷な現実だ。

海路は蓮が好きだ。でも蓮はたぶん同性なんて相手にしないだろうとも思っていて、最初から手が届かない存在だった。

そう思っていたのに、蓮も海路と同じだったのだ。

同じ、と果たして断じていいのかわからないが、蓮も同性を好きになる人だった。

蓮は光一のことが好きだ。中学生の時からずっと。

自分と同類だけど、でもやっぱり自分には手が届かない。それどころか、指先さえかすめることができないくらい、遠くにいる。

「今まで、気づかなかった?」

笑いを含んだ、でも意地の悪い口調で蓮は言う。海路は弱々しくかぶりを振った。

「俺は前から、お前が同類だって気づいてたよ」

呆然として立ち止まる海路を置いて、蓮は歩を速めた。

その背中を眺め、ああ自分は、蓮を怒らせてしまったのだなと思う。暴いてはいけないものを暴いてしまった。

それから、前から気づいていたという言葉を反芻し、泣きそうになる。蓮は海路の気持ちを知っていた。でも知らんぷりしていた。つまり最初から、海路に関わる気が一片もなかったのだ。

蓮は振り返りもせず歩いていく。二人の距離はどんどん開いて行く。残酷なのに、やっぱりカッコいいなと海路はその後ろ姿を見つめた。対して、自分はどうだろう。

自分が平凡以下の、とんでもなくみっともない姿をしているように思えて、みじめになった。手が届かない。自分と蓮では釣り合わない。そんなこと、わかっていたけれど。たまらない気持ちになって、顔をうつむける。

アスファルトにぽつりと水滴が落ち、黒い染みを作った。

文化祭はつつがなく終わり、秋が深まるにつれ、三年の教室は受験ムードが色濃くなっていった。

海路もいちおう、塾の通信クラスを受講したりして、それなりに受験勉強を頑張っている。進路については特に希望がなくて、大学でも専門学校でも、行けるところに進学できればいいかな、と考えていた。

それなら専門より大学！　と両親が勧めるので、塾の先生と相談し、海路の偏差値でも受かりそうな大学を一般入試で受験することにした。

光一は、名門私立大の医学部を受験するらしいと、噂で聞いた。蓮はどこを受けるのかわからない。聞こうとも思わなかった。

あの日の会話をきっかけに、海路は意識して蓮を視界から遠ざけている。

蓮に気持ちを気づかれていたのが、泣くほど恥ずかしかった。

遠くからひっそり好きな人を見つめる海路の姿は、相手の目にどんなふうに映っていただろう。きっと気持ちが悪かったのだろうなと、卑屈に思う。

もう絶対に、蓮を目で追ったりしない。彼とは関わらないようにする。

たぶん蓮は、海路に好かれたって迷惑だろうから。

固い決意をして、蓮の姿を視界に入れないように努めていたので、文化祭以降の蓮がどうしていたのか、あまり記憶がない。

でもたぶん相変わらず、光一に付き添って彼をエスコートしていたのだろう。

二学期はあっという間に過ぎた。年が明けた三年の三学期は、授業がほとんどない。あっても、欠席する生徒が多かった。

年明けからは、何をするわけでもないのに気持ちが急いて、ドラマのエンディングに向かってひた走っているような、センチメンタルさと躍動感がない交ぜになった、妙な高揚感が続いていた。

二月、海路は私立の、いわゆるFランク大学をいくつか受験し、そのうちの一つに無事、合格した。

四月からは大学生だ。進路が決まったことに、とにかくホッとした。両親と姉は、海路以上に安堵し、喜んでいた。

部活の友達も二月中にはそれぞれ進路が決まり、みんなで打ち上げをした。部活で送別会も開いてもらった。あとはもう、三月の卒業式を待つばかりだ。

パッとしない三年間だったが、振り返ってみればそこそこ楽しかった。

送別会の席で、光一が第一志望の名門私立医大に受かったらしいという話を、違うクラスの友人から聞いた。

「なんで別のクラスなのに知ってるの。俺、知らなかったよ」

海路が冗談ぽく唇を尖らせると、友達は「ふふ、俺には独自の情報網があるのだよ」と、こちらも冗談めかして胸を反らした。

情報網と言っても、ＰＣ研のＯＧが去年、光一と同じクラスだったというだけのことだ。

「でも、良かったよね。第一志望に受かって」

別の友人がしみじみした口調で言って、海路も感慨深い気持ちになった。

それから、蓮のことを考える。自分の好きな人が、自分を庇って重傷を負い、留年までした。同じクラスになったこの一年間、ずっといたたまれない気持ちだったに違いない。自責の念に駆られることもあっただろう。

光一が無事、第一志望の大学に合格した。蓮の気持ちも、少しは軽くなっただろうか。軽くなっているといいなと、海路は思った。

蓮の言葉や態度に、海路は深く傷ついた。自分がみじめで、もう蓮を好きになるのをやめたいと思った。

でも、高校生活が終わりに差し掛かった今は、やっぱり蓮が好きだなと思う。どうしても、その気持ちをなくせない。

きっと、この甘くほろ苦い感情を抱えたまま、自分は卒業するのだろう。

卒業したら、蓮とは何の接点もなくなる。卒業式の次に顔を合わせるのは、数年後か十数年後の同窓会くらいだろう。

高校生活の中、もし海路が勇気を出して蓮に話しかけたり、関わろうと努力したりしたとしても、たぶん結果は同じだった。

蓮と海路は、その程度の関係だったのだ。ほんの一瞬だけ交差し、後は決して交わることがない。

そんなことを考え、失恋の寂しさが込み上げたが、もう泣くことはなかった。

ただ、蓮の顔を思い出すと、胸の辺りがほんのり甘くて苦しくなる。

友達と遊んだりしているうちに、月が変わって三月になった。卒業式は中旬だ。

卒業式が終わったら、友達と卒業旅行をする計画を立てていた。近県の遊園地に泊まりがけで行くのだ。

卒業式の二日前、海路はそんな卒業旅行の計画について、スマホのメッセージアプリで友人たちとやり取りをしていた。

それは、夕方のことだった。リビングの入り口にある自宅の電話機が鳴り、定時で帰宅したばかりの母がそれを取った。

「もー、そこにいるなら取ってよね」

リビングのソファに寝ころんでいる海路を見て、文句を言いつつ受話器を取る。

「留守電にしてるよ。勧誘かもしれないいじゃん。多いんだよ、最近」

「……もしもし、あら、はい。お世話になっております」

海路は早口に母に返したが、どうやら知っている相手だったようだ。母の声音がすぐ、柔らかくなった。

「ええっ、それは……まあ。何てことでしょう」

大袈裟な声に、海路はちらりと母に視線をやる。母もこちらを見ていて、それでどうやら、何か深刻なことが起こったらしいとわかった。海路はソファから身を起こす。

「ええ、申し伝えます。……はい、じゃあ、次の方に」

母は、はい、はい、と神妙な顔をして何度もうなずき、やがて受話器を置いた。

「連絡網。海路のクラスの子の、お母さんから」

心ここにあらず、といった様子で母がつぶやく。連絡網。

そういえば三年生の初めに、担任が電話の連絡網を作って配っていたのだった。

それとは別に、メッセージアプリのグループ機能を使った連絡網もあって、これまでの連絡はそちらでやり取りしていた。

電話の連絡網を使ったのはこれが初めてで、海路はその存在すら忘れていた。

「何かあった?」

あまり愉快な話ではなさそうだ。母の顔を見て思う。

でも、何が起こったのか想像がつかなかった。

「海路のクラスの生徒さんが、亡くなったんだって」

誰? と、自分は聞き返しただろうか。記憶にない。母が呆然とした顔で告げた。

「はなぶさ、こういち君」

光一の、綺麗(きれい)で優しい笑顔が頭に浮かんだ。

交通事故だった。

車道で煽(あお)り運転をしていた車が、ハンドル操作を誤って歩道に乗り上げ、そこにたまたま、信号待ちをしていた光一(こういち)がいたという。

人生で二度も、それも前回の事故から二年たらずでまた交通事故に遭うなんて、どれほどの確率だろう。

前回は一命を取り留めたけれど、今回は即死だった。

原因が煽り運転ということで、ニュースやワイドショーでも連日、大きく取り上げられた。

加害者は二十代の無職の男性で、反省などしている素振りもなさそうな、ふてぶてしい態度で警察に連行される映像が、テレビでもネットでも繰り返し流れていた。

連絡網では、光一の葬儀は家族だけで執り行うとのことだった。光一の母親は寝込んでしまい、ほかの家族もショックを受けていて、とても人を呼べる状態ではないのだそうだ。

それはそうだろうと、海路(かいろ)も思う。

息子が事故で重傷を負って一年留年し、それでも頑張って志望の大学に合格した。つらいことがあった後の喜びも束(つか)の間(ま)、家族はまた絶望の淵(ふち)に突き落とされたのだ。

でも海路は、顔も知らない光一の家族より、蓮のことを考えていた。

蓮は今、どうしているだろう。自分が蓮だったら、とても現実を直視できない。

彼は光一に庇われた負い目と、中学時代から続く恋心を胸に秘め、留年した親友を気遣い支えていた。

もしも光一が高校を無事に卒業できていたら。二人はそこで、過去のしがらみをリセットできていたかもしれないのに。

蓮に連絡を取ってみようか、と考えた。でも、なんて声をかければいいのだろう。

前みたいに、大丈夫？　と尋ねるのか。大丈夫なわけがない。

それに、仲のいい友人でもないのに、失意の底にあるとわかっていながら声をかけるのは、ただの自己満足な気がした。

そもそも、わざとではなかったとはいえ、海路は蓮の秘密を暴いてしまったのだ。おまけに蓮が好きなことも本人に気づかれている。

そんな人間が下手な慰めをしたところで、不快にさせるだけだろう。

考えて、連絡を取るのは諦めた。

卒業式、蓮は現れなかった。

クラスに二つできた空席に、涙をこぼす生徒も多かった。卒業式の式辞でも、光一の死を悼む言葉が聞かれたが、海路はまだ、彼の死を実感できなかった。

卒業式の翌日、今度はメッセージアプリ経由でクラスの連絡が回って来て、光一の「お別れの会」が催されるとのことだった。

日取りは三月二十二日の土曜日。

参加できる人だけで、という控えめなメッセージが添えられていたが、行ってみると三年のクラスメイトは全員いたし、卒業生から在校生、その家族など、大勢が参列していた。

海路も、別のクラスだったPC研の友人たちと一緒に、会場となったセレモニーホールに赴いた。

そこには、蓮の姿もあった。

親友の突然の死に、さぞ憔悴していただろうと想像していたけれど、意外にも以前と変わった様子は見受けられなかった。

とはいえ、他人の内面なんて外側からではわからない。きっと心の中では気落ちしているのだろう。

海路は蓮のことが気になって、セレモニーの間も、彼のほうへ何度も視線を向けていた。

蓮は、誰とも親しく会話を交わす様子はなく、会場の端に一人でいた。

光一と家族ぐるみの付き合いだったというが、蓮の家族らしき人も見当たらない。蓮が光一の家族と挨拶をしているところも見かけなかった。

蓮はずっと、正面にある光一の遺影へ目を向けていたが、その眼差しは死者を悼むと言うより、何か別の考え事をしているようにも見えた。

「お母さん、すごくやつれてたな」

式が終わってセレモニーホールから出ると、一緒に参列していた友人の一人が、ぽつりと言った。海路ももう一人の友人も、無言でうなずく。

光一の母が以前、どんなふうだったかわからないが、初対面の人間が見てもわかるほど、彼女はげっそりとやつれて、今にも息絶えてしまいそうなほど弱って見えた。

疲れきった顔の父がそれを支え、兄だという、青ざめて沈んだ顔の男性が「お別れの会」の切り盛りをしていた。

「これから、裁判とかいろいろ大変なんだろうな」

先ほどの友人がまた、つぶやく。メディアではまだ時おり、煽り運転の加害者について取り上げられている。それだけ悪質だったからだ。

光一の家族はこの上まだ、加害者に立ち向かわねばならないのだ。そこにはマスコミからの横やりや、事件をよく知りもしない野次馬の心無い中傷も混ざるだろう。想像するだけで気持ちがぐったりしてしまう。

「あ、小宮山君だ」

駅に向かおうとした矢先、もう一人の友人が小さく声を上げた。

海路は、弾かれたように顔を上げた。するとなるほど、車道を挟んで反対側の歩道に、蓮の姿が見えた。

　彼は、駅とは反対の方向へ行くようだった。信号機のある十字路に立っている。信号待ちをしているようだが、視線は足元にあって信号を見ていない。

　うつむく横顔には、生気がなかった。悲しみも悔しさもなく、ただ無表情だ。

「小宮山君も、ショックだよね」

「大丈夫かな」

　友人たちの声に、海路も不安になる。

　蓮の前の信号が青になり、彼は数秒遅れてそれに気がついた。前を向いて歩く彼の表情は、どこか決然として見える。

　親友の死に際して浮かべるには、ふさわしくない表情のような気がして、余計に不安に駆られた。

「俺、あの、ちょっと行ってくるよ」

　どうにも我慢できなくなって、海路は声を上げた。

「小宮山君に声、かけてくる。なんか、気になるから」

　友人たちにそう言い置いて別れ、向かいの歩道へ向かった。

　蓮の足取りは早く、迷いがない。なかなか追いつけず、走っていって声をかけようかためらっているうちに、どんどん先へ進んでいく。

会場からずいぶん離れてしまい、「会場の外で姿を見かけたから、ちょっと声をかけてみた」という言い訳は、できなくなった。

それでも尾行をやめることができなくて、海路は蓮の後を追い続けた。

やがて蓮は道を曲がり、ぐねぐねと住宅街を進んで、商店街に辿(たど)り着いた。

駅前に開けた、こぢんまりした通りだ。「お別れの会」会場の最寄り駅の、一つ隣の駅のようだ。

電車に乗るんだな、と海路は少しホッとした。

蓮が思い詰めて、光一の後を追うんじゃないか。車道に飛び出したりしないか。そんな不安を漠然と抱いていたのだ。

電車に乗るのを見届けようとしたが、蓮は駅には行かなかった。手前にある花屋に入る。

離れた場所で見守っていると、やがて花束を持って蓮が出てきた。元来た道とは反対の方向へ歩き出す。

白と緑を基調とした、爽(さわ)やかな色合いの花束だった。カスミソウと、カーネーションのような緑色の花、あとはよくわからない白い花が入っている。

献花というやつだろうか。包装紙は抹茶色で、白っぽいリボンが結ばれていた。

（お墓参り？）

それとも、現場に献花に行くのか。でも事故現場は、ここからかなり遠い場所だったはずだ。

蓮は電車には乗らなかった。それどころか、駅を通り過ぎてまたどこまでも歩いていく。海路も再び後を追った。

駅の向こうの住宅街をしばらく歩くと、片側に二車線の車道がある大きな通りに出た。さらにまた五分ほど歩き続けると、景色が開けた。前方に河川が見え、通りはその河に架かる橋に続いていた。

(わあ、綺麗)

大きな河に徒歩で来るのは、久しぶりだった。大抵、電車とか車で通りすぎるだけだ。その日は良く晴れていたし、視界からビルや背の高い建物が消え、青く澄み渡る空が広がるのを見ると、気分がすっきりとする。

これで光一が亡くなったのでなければ、素直に景色を楽しめたのに。思い出して、悲しくなった。

蓮は相変わらず早足だった。海路が橋のたもとに差し掛かる頃には、もう橋の中央までたどり着いていて、そこに立ち止まって河を見つめていた。

じっと遠くを見つめている。海路は再び、不安に駆られた。

(何、してるの)

花束を持って、一人きりで。

ただ故人を偲んでいるのならいい。でももし、そうでないのなら。

橋の向こうから、カップルらしきジョギング姿の男女が走ってくるのが見えた。蓮の脇を通り過ぎ、ちらりと気がかりそうな目を向ける。

彼らの目にも、何となく不穏に映ったのだろう。

海路は腹を決めて、蓮に近づいた。途中でジョギングのカップルとすれ違う。

橋の半ばに着いた時、蓮はまだ河を見つめていた。

「こ……小宮山君」

勇気をふるって、海路は声をかけた。わりと大きな声を出したつもりだったが、彼は振り返らない。すぐ間近を車がたくさん通っていて、それで聞こえなかったのだろうと思った。

「小宮山君。ねえ、そこで何してるの」

近づいて、もっと大きな声で呼びかけたのに、彼は無反応だった。

「小宮山く……」

「聞こえてる」

冷たい声に遮(さえぎ)られた。蓮は目だけを動かし、海路を睨(にら)む。

「後をつけてきたのか?」

刃物でざっと肌を撫(な)でられたような視線の鋭さに、海路は思わず首をすくめた。

「ご、ごめん……」

再び睨まれ、いたたまれなくなってうつむく。何と言い訳しよう。頭の中で懸命に考えた。

「ごめんね。でも、様子が変だったから、心配で。あの、まさか、とは思うんだけど……」

妙なこと考えたり、してないよね。

そっと確認するつもりで視線を上げ、そして愕然とした。

蓮がいつの間にか、橋の欄干に片手をかけ、大きく身を乗り出しているではないか。

「こっ、小宮山君、何してるの！」

やっぱり、と海路は思った。やっぱり蓮は、光一の後を追うつもりなのだ。海路はパニックになって、あわあわと左右を見回した。

先ほどすれ違った、ジョギング姿のカップルがまだ、橋のたもとにいる。彼らを呼ぼうか。

「だ、誰か。誰かあ。すみませーん。みっ、身投げっ」

「違う！　うるせえ、騒ぐな。邪魔するな！」

蓮は怒った顔で海路を振り返る。

「よ、よくないよ。こういうのは、よくないよ！」

とにかく止めなくちゃ。考えて、慌てて蓮の下半身に抱き付いた。

「おわっ。おい、危ないだろ！」

「そうだよ、危ないよ！　こ、こんなことしたって、光一君は喜ばないよっ」

「な……ば」

馬鹿、と言いたかったのだろう。その前に、彼が掲げ持っていた花束がするりと落ちた。蓮は欄干に足をかけ、花束へ手を伸ばす。

花束は無事にキャッチできたが、大きく身を乗り出したせいで、彼の身体は欄干の向こうへ大きく傾いでいた。

「うわっ」

「あぶな……」

海路は咄嗟に欄干へ足を掛け、蓮の腰を摑んだ。身体半分は欄干の内側にあるから、大丈夫だと思っていた。

引き上げようとした蓮の身体がさらに欄干の向こうへ滑り、自分に蓮を引き上げられるほどの筋力が備わっていないと気づいた時、全身から嫌な汗が噴き出した。

「おま……海路……いいから、手を離せ。お前も落ちる」

「だめだよっ」

この手を離してはいけない。そんなことをしたら、生きていても後悔する。

「いいから、俺は大丈夫だからっ」

「大丈夫なことないよっ。死んじゃだめだっ」

「ば……このや、ろう」

どうにか事態を好転させたくて、欄干に掛けていた足を戻そうと足搔いた。足は空を切り、海路の身体もぐるんと欄干を乗り越える。

「あっ」

海路は叫んだ、ような気がする。

落下する時の、全身が空を切る感覚と、誰かに抱き締められる感覚が同時にあった。

蓮が海路の腕を掴んだが、それは記憶の改ざんかもしれない。何もかもが一瞬で、その瞬間に何が起こったのか、よくわからなかった。

電源のスイッチが切れたみたいに、唐突に目の前が暗くなったが、それももしかすると、気のせいだったのかもしれない。


「海路、今日のお昼ごはん、何にするー?」

間延びした母親の声が聞こえた。

聞き慣れた声に、海路は反射的に目を開ける。

「えっ」

眼前の光景が理解できなかった。

ここは自宅の、自分の部屋だ。海路は自分のベッドの上に寝ていた。

「どういうこと?」

たった今、蓮と橋から落ちたのではなかったか。

（夢？）

それにしてはリアルだった。蓮の身体にしがみついた時の、顔に擦れたスーツのひんやりした質感や、橋の欄干の鉄と埃の混じった臭いを鮮明に思い出せる。

橋から落ちて、その後の記憶がないとか？

記憶障害の話を、以前どこかで聞いたことがある。事故で前後の記憶がなかったり、かと思うと、事故の後も普通に生活していたのに、ある日突然、部分的に記憶が抜け落ちたりするケースがあるとか。

「海路、寝てるの？　開けるわよー？」

先ほどより近くで母の声がして、ほとんど同時に部屋のドアが開いた。ひょっこりと母が顔を覗かせる。

「海路。私と父さん、これから昼ごはん食べに行くけど。海路はどうする？」

「母さん、髪切ったの？」

母の問いには答えず、海路は思わず言った。

海路の記憶にある母は、セミロングだった。「お別れの会」に出かけた日もそうだ。

やはり、記憶が飛んでいるのだろうか。

「何言ってんの。ずっとこの髪型だわよ。それより昼ごはん。今日は連休の最終日だから、父さんと外でランチしようと思ってるの。あなたも来る？　って、聞いてるの」

母が呆れ顔で言った。リビングにいたらしい父もやってきて、母の肩越しに「留守番にする？」と、部屋にいる海路を覗く。

「連休の、最終日」

今日は何日だろう。呆然とする海路に、両親は思わず、というように顔を見合わせた。「寝ぼけてるんじゃない？」と、父。

「駅ビルがリニューアルしたでしょ。あの上に、有名な明太スパゲティ専門店ができたっていうから、父さんと行ってみようと思うの」

母の説明を聞いて、余計にわけがわからなくなった。

駅ビルがリニューアルオープン？　それは去年のことだ。そう、確か、高校最後のゴールデンウィーク。あの時も、今と同じような会話をしたのではなかったか。

「明太スパゲティの店……あの、あの、めちゃくちゃ混んでたやつ？」

「そりゃまあ、混んでるでしょうね。ゴールデンウィークだから。それで、早めに行きたいんだけど。海路はどうする？」

せっかちな母が畳みかけるように言い、父が、「冷蔵庫も空っぽで、カップ麺も何もないんだよ」と、補足する。

「姉さんは？」

恐る恐る尋ねた。

「さっき出かけたわよ。友達とライブに行くって」

「ライブ？　父さんはプロレスって聞いた」

「えー？　なんか推しが出るって言ってたわよ。プロレス？」

プロレスが正解だ。去年も母は、姉が行ったプロレス興行をライブと取り違えていた。

頭の中がこんがらがっている。そんな、まさか。

（まさか。そんなこと、現実にあるわけない）

うろたえながらあたりを見回し、ベッドの枕元にあるスマートフォンが目に留まった。

震える手でそれを拾い上げる。ホーム画面を開くと、そこに日付が表示された。

――二〇二四年五月六日。

「うそ」

思わず声を上げていた。これが夢でも幻覚でもなく、見間違いでもないのなら。

時間が巻き戻ったということだ。

# 二

タイムスリップ？　タイムトラベル、タイムリープ？

言葉の違いはわからないが、とにかくこれは、そういうたぐいの現象だ。

両親のランチの誘いを断った海路(かいろ)は、自分の部屋のベッドに転がって、スマートフォンを操作していた。

特に有益な情報は得られなかった。言葉の意味を解説した辞典サイトと、そうした題材を扱った作品がヒットしただけだ。

「そうそう、これも過去に戻るんだっけ。タイムリープね」

なんて独り言をつぶやくものの、いまだに自分の身に起こったことが信じられなかった。

さっき、洗面所の鏡で確認したけれど、「お別れの会」の時より、少しだけ髪が長い。

時間が巻き戻る前の海路は、「お別れの会」の直前に散髪に行ったのだ。

ということは、海路の意識だけが過去に戻ったということになる。

身体のほうはどうなったのだろう。蓮(れん)と一緒に河に落ちて、死んでしまったのだろうか。

考えたけれど、答えを確認しようにも方法がなかった。

「わけがわからない」

信じられないことが起こった、という以外、何もわからないままベッドでゴロゴロし続けて、お腹が空いて起き上がった。

それからようやく、重大な事実を思い出す。

「そっか。今ならまだ、光一君は生きてるんだ」

今はまだ一学期、新しいクラスに少しずつ慣れ始めた頃だ。

約一年後に、クラスメイトの誰かが死ぬなんて、誰も予想していなかった頃。

「……生きてる、よね？」

本当に、時間が巻き戻ったのだろうか。よく似た別の世界だったりして。

過去に読んだ漫画や小説を思い返し、そういうオチもあるかもしれないと不安になった。

光一の生存を確認したい。

明日から学校が始まる。登校すれば否応なしにわかるのだけど、気になって仕方がない。今すぐ確かめたい。

でも、光一の住所なんて知らないし、知っていたとして、いきなり家まで押し掛けるのはどうかと思う。クラスの連絡網があるけれど、自宅に電話するのもハードルが高い。

だいたい、何て尋ねるのか。「お宅の光一さんはまだ、生きてますか？」とか？　めちゃくちゃ不審だ。保護者から学校に抗議されるかもしれない。

しばらく悩んで、スマホのメッセージアプリを呼び出した。

四月の初め、担任の先生の要請で同じクラスの中でグループを作った。クラスの連絡は基本的に、メッセージアプリで共有される。

光一のアカウントとは、個人的な繋がりはない。でも確か、相手が拒否設定にしていなければ、「友だち」以外でもメッセージを送れるはずだ。

「とりあえずだ。とりあえず、挨拶だけ」

挨拶を送って、普通にメッセージが返ってくれば、それでいい。とりあえず、アカウントが生きているという証拠になるのではないか。

「お元気ですか？　いや、これだけだと無視されるかな」

友人ではない、陽キャのクラスメイトに初めてメッセージを送るのは、とても勇気がいった。文章を決めるのに、一時間くらい悩んだ。その間に空腹を思い出して台所に行ったが、父が言ったとおり、すぐに食べられそうなものは何もなかった。

残っていた牛乳で空腹を誤魔化し、文章を打ち込む。気持ちを奮い立たせて送信ボタンを押したけれど、送ってすぐ後悔した。

『同じクラスの鈴木海路です。英光一さんのアカウントでよろしかったでしょうか。お元気かどうか気になったので、このメッセージを見たら、ご返信いただけないでしょうか』

怪しすぎる。何かの詐欺メッセージと思われそうだ。すぐに削除しようと思ったが、その前に「既読」のマークが付いてしまった。

「あああ……」

海路はベッドの上で悶えた。無事に送れたようだ。でも恥ずかしい。どうにかこの失態をそげないか考えて、もう一度メッセージを送る。

『突然すみません。光一さんがお元気にされているかどうか、怪我がないか、気になっただけです。明日、学校で確認しますので、忘れてください。小宮山君によろしくお伝えください』

またすぐ、後悔した。やっぱり怪しい。さっきよりもっと怪しい。

「なんでここで、小宮山君が出てくるんだよお」

自分で送ったメッセージに、自分でツッコんだ。迷走しまくっている。

どうしようどうしよう、とベッドの上を転がっていたら、シュポッとメッセージの着信音がしたので、飛び上がってしまった。

『英光一です。こんにちは。僕は元気です。ご心配ありがとう。蓮にも伝えておくね』

涙が出た。光一が生きている。いやまだ、実際にこの目で確認したわけではないけど。でも本人のスマホから送られてきたのだから、元気なのだ。

「光一君、いい人だなあ」

こんな怪しいメッセージにも、丁寧に答えてくれるなんて、とても優しい人なのだ。海路は感動した。そうして、光一から返事があったことで、気分も少しだけ落ち着いた。

（やっぱり俺、タイムリープしたんだ）

どうしてだろう。一度死んだから？　最近、読んだラノベの設定では、そういうのが多かった。

本棚から、タイムリープを扱ったラノベを引っ張り出してめくってみる。そんなことをしているうちに時間が経って、夕飯になった。

今日の夕飯が何だったのか、海路は覚えている。手巻き寿司だ。ダイニングテーブルには記憶にあるとおり、海路の好きなイクラがたっぷり盛られていた。

「イクラ、高かったでしょ」

「奮発したのよ。最後のこどもの日だからね」

「海路ももうすぐ成人だもんなあ」

前回も、両親とこんな会話をしたのだ。自治体の成人式は今年の一月にあったけれど、十二月生まれの海路は十七歳になったばかりで、ぜんぜん実感がなかった。

「ねえ、あのさ。タイムリープって、どう思う？」

手巻き寿司を食べながら、両親に聞いてみた。息子がタイムリープしたと言ったら、彼らは信じてくれるだろうか。

二人は向かい側でキョトンとしてから、「どうって」と、顔を見合わせる。

「タイムリープって、『時をかける少女』みたいな？」

父が口火を切った。海路もタイトルは知っていたが、内容はよく知らない。海路が首を傾げていると、母は「なつ……！」と、笑った。懐かしいらしい。

「んー、母さんが思いつくのは『蒲生邸事件』かな。でもあれは、タイムスリップになるのか」

「あーあー、学生時代に僕らの周りで流行ったよね？　それで言うと『スキップ』とか……」

「『リセット』は、タイムリープだったわ。グリムウッド」

「それは『リプレイ』」

両親は勝手に盛り上がったが、海路は何一つピンと来ない。

ただ、打ち明けたところで信じてくれなさそうだ、ということは理解できた。姉に言ったら正気を疑われるだろう。

時間が巻き戻るなんて、普通はフィクションだと思う。

自分の身に信じられないことが起こったのに、誰とも共有できない。もどかしいなあ、と心の中でぼやいていたら、ジーンズのポケットに入れていたスマートフォンがブブッと震えた。

やや置いて再び震える。何だろう。ポケットからスマホを取り出したところで、また震えた。

メッセージアプリの着信らしかった。

「なあに、ご飯中に」

「ごめん。確認だけ」

ディスプレイをタップして、メッセージを確認し、思わず「うわ」と、声が上がった。

着信は、蓮からだった。しかも、通話機能を使って発信している。

『小宮山蓮から着信がありました。「友だち」追加の後に、着信が可能です』

こんなメッセージが三回、立て続けに並んでいた。蓮のアカウントと「友だち」で繋がっていないと、通話機能は使えないらしい。

相手はそれがわかっているのかいないのか……たぶん、わかっているのではないか。三回連続の着信は、さっさと「友だち」追加しろ、というメッセージのようにも思える。

どのみち海路に、蓮の着信を拒否するという選択肢はなかった。どうして連絡をしてきたのか、気になる。

急いで蓮のアカウントを「友だち」に追加した。

こちらから通話を返したほうがいいのか、ディスプレイを凝視して悩んでいたら、蓮からまた電話がかかってきた。

海路は慌てふためいて席を立つ。両親に「ちょっとだけごめん」と断って、自分の部屋に飛び込んだ。

「こ、こ、小宮山君？」

『鈴木海路だな』

電話に出ると、途端に低い声が聞こえた。

そうです、と、ビクビクしながら小声で答える。詰問する口調が怖かった。何か、怒っているのだろうか。いったい何に？

『昼間、光一にメッセージを送っただろ』

どうして蓮がそれを知っているのか。うろたえながら疑問に思ったところで、ふと思い出した。

連休最終日、蓮は光一の家に遊びに行った。光一の母に夕飯まで誘われて。

そんな話を、時間が巻き戻る前、海路はたまたま蓮と光一の会話から知ったのだ。互いの家を行き来するくらい仲がいいんだなあと、羨ましく思ったのだっけ。

連休最終日というのは、まさに今日だ。蓮は光一の家に遊びに行って、海路が光一に送ったおかしなメッセージを知ったのだろう。

もしかして、そのことで怒っているのだろうか。

俺の大事な光一に、おかしなことするんじゃねえぞ……というような、これは抗議の電話なのか。

「ごめんなさい！　えっと、あの、深い意味はなかったんだ。ただちょっと、光一君元気かなって思っ……」

『そのことだけど』

海路の焦りなど興味がない、というように、冷徹に遮られた。

『今、自宅？　話したいことがあるんだ。今から出てこれないか。最寄り駅は何駅？』

「え、え？」

『バス通学だったよな。医療センター行き方面のバスに乗ってたっけ。俺んちから近いんじゃないかな。何線？』

こちらが考える間もなく、畳みかけてくる。海路は仕方なく、最寄り駅を答えた。

『駅から家まで近い？』

「あ、はい。歩いて五分くらいです。でも、今は夕飯の最中で」

なぜか敬語になってしまう。でも、蓮はそんなことに構ってはいなかった。

『じゃあ、一時間半後。八時半はどうだ？　お前んちの駅まで行くから。遅れるようなら連絡して』

一方的に言って、通話は切れてしまった。

「えええ」

スマホを手に、海路は思わず声を上げた。

慌ただしい気持ちで夕食を食べ終えると、待ち合わせの時間に合わせて家を出た。

両親には正直に、クラスメイトと会ってくると伝えた。

挙動不審な海路の様子を見て、両親はいじめを想像したようだ。

しきりに心配されたが、大丈夫、最寄り駅で少し話すだけだからとなだめて、なんとか納得してもらった。

駅に着くと、待ち合わせ時刻の十分前にもかかわらず、すでに蓮の姿があった。

最後に見た蓮より、髪が短くなっていてドキッとする。

「お別れの会」で見た蓮は、前髪が目にかかるくらい伸びていたからだ。

でも、大人びてどこか影のある眼差しは、橋で見た時と変わらないように見えた。

ライトグレーのTシャツと黒いクロップドパンツという私服姿が、とても大人っぽく垢抜けて、海路よりうんと年上のようだ。

もっとちゃんとした服を着てくればよかったなと、今さらに海路は思った。こちらは部屋着代わりの着古したTシャツと、休みの日にいつも穿いているジーンズだ。

そんなことを考えていたら、ふと顔を上げた蓮がこちらに気がついた。

（あ。今はもう、ブラック蓮なんだ）

相手がにこりともせず、軽く手を挙げるのを見て、海路は悟る。

これは、暗いほうの蓮だ。

海路は以前の、明るかった蓮を「ホワイト蓮」、暗く大人びた蓮を「ブラック蓮」と、勝手に呼び分けている。

時間が巻き戻る前は、ゴールデンウィーク明けに初めて「ブラック蓮」に出会い、驚いたのだった。

ゴールデンウィーク最終日、今日のこの時間はすでに、「ブラック」に転じた後の蓮らしい。

「突然呼び出して、悪かった」

蓮は海路の前まで歩み寄ると、落ち着いた声音で謝罪した。

電話口の詰問口調で来られるのだと身構えていたから、ちょっと安心する。

「ううん。あの、話って何？」

それでもドキドキしながら尋ねると、蓮は気だるげな目で前方斜め上を見上げ、「あそこ」と、つぶやいた。

「カラオケ屋があるだろ。立ち話もなんだから、ちょっと入って話さないか」

そう言われて振り返れば確かに、駅前のビルの五階にカラオケ店が入っていた。

でも、話なら同じビルの一階にある、ファストフード店でもできる。というか、そちらのほうが「ちょっと入って話」しやすいと思うのだが。

いいや、それよりも、

「俺、財布持ってこなかった」

スマホだけ握りしめてきたのだった。

「俺が誘ったんだから、俺が出すよ」

蓮は言うなり、歩き出した。カラオケは決定事項らしい。「ブラック」になった蓮はいささか強引でマイペースだ。

海路は勝手に物事を進める蓮に、ちょっぴり恨めしい思いを抱いた。

仮にこれが一回目、時間が巻き戻る前のゴールデンウィーク中に起こった出来事だったら、海路の感じ方も違っていただろう。

あの頃はまだ、新学年が始まって間もなくのことで、高校生活最後の学年にわずかな希望や夢を抱いていた。

大好きな蓮に呼び出され、カラオケに誘われたら、ドキドキして、「もしかして……」なんて想像をしていたかもしれない。

もしかして、告白されるかも、とか。

蓮はノンケだと思っていたし、そうでなくてもあり得ないのだけど、それでも期待したくなるのが恋心というものだ。

でも今は、前回よりちょっとばかり現実を理解している。

蓮が中学の時から光一を好きだということも、知ってしまった。

（話って、何なんだろう）

何の話かだけでも、先に教えてくれればいいのに。

そう思い、蓮の広い背中を軽く睨んだところで、気がついた。

蓮が、軽く右足を引きずっているのだ。怪我でもしたのだろうか。

時が巻き戻る前の記憶を探ってみる。今の海路にとっては一年前の出来事なので、忘れていることも多い。

でも、五月初めの体育の授業のことはよく覚えている。あの時は確かに、普通に走っていた。

連休明け、たまたま登校途中で遭遇した時も、足を引きずった様子はなかった。

違和感を覚えながら、蓮に追いついてビルに入る。カラオケ店へ行くと、部屋は空いていてすんなり通された。

「フリードリンクだって。飲み物、何がいい？」

フロントの横にあるドリンクバーを示して、蓮が言う。海路がメロンソーダを頼むと、彼はふっと小さく笑った。

子供っぽく思われたのかもしれない。蓮はメロンソーダとウーロン茶をグラスに注ぎ、さっさと店の奥へと進んでいく。でもやっぱり、足を少し引きずっていた。

「あの、ドリンク、俺が持つよ。今さらだけど」

海路は言って手を伸ばしたのだが、

「ほんとに今さらだな」

蓮は皮肉っぽく笑い、目の前の部屋を顎で示した。もう、部屋に着いてしまった。ドアを開けろということだろう。

海路はつくづく気の利かない自分に落ち込みながら、ドアを開ける。蓮はそこからするりと中に入った。足は引きずっていない。

「……足」

「何？」

鋭い声が聞き返す。気弱な海路にとっては、身のすくむような声音だ。はっきり言ってほしいんだけど、と以前、彼に言われた。あれは、いつのことだったか。

「さっき、足を引きずってたなって思って」

「ああ」

そのことか、というように蓮はうなずき、L字型のソファの片側に腰を下ろす。空いている席のほうにメロンソーダを置き、「座れば」と、海路に勧めた。

海路はテーブルの縁に沿うようにして、席に着いた。蓮が黙ってウーロン茶を飲むので、海路もメロンソーダのグラスを手に取る。

「あの、足……」

「足？　別に何ともない」

「え、でも、さっき」

確かに引きずっていたのに。海路はちらりと蓮を窺う。蓮はテーブルの上に置かれた、カラオケの選曲用タブレットに目を落としていた。

「橋から落ちた時は、死ぬかと思ったけどな」

さらりと出てきた言葉に、メロンソーダを吹き出しそうになった。

「は、橋……？」

蓮が視線を上げ、海路を見る。海路も呆然と、相手を見つめた。

「橋から、落ちたの？」

「落ちたっていうか。花束を河に投げようとしたら、後ろから突き落とされたんだよ」

花束と河。その単語を聞いて、海路の脳裏にあの時の光景が蘇った。

海路にとっては、つい半日前の出来事だ。

「いきなり下半身にしがみつかれて、バランスを崩したんだ」

責める口調に、思わず言葉が口をついて出た。

「あ、あれは、落としたんじゃないよ。小宮山君を助けようとしたんだよ！」

叫んですぐ、あっ、と思った。

この会話の意味を、必死に考える。しかし、どう考えても答えは一つしかない。

「やっぱり」

蓮がため息をついた。心底、憂鬱そうな声だった。面倒なことになったな、という表情。

「お前も戻って来たのか」

海路は無意識に、メロンソーダのストローを強く吸った。グラスの底を啜る、ずぞぞっ、という音が部屋に響く。いつの間にか飲み切ってしまっていた。

「二杯目は？　次もメロンソーダでいいのか」

蓮が言いながら、おもむろに席を立つ。彼のグラスにはまだ、ウーロン茶が残っている。

「え、いや、それより」

そんなことより、もっと詳しく話を聞きたいのだが。

「メロンソーダ？」

「じゃ、じゃあ、えっと、コーラで。お願いします」

海路が応えると、蓮は黙って部屋を出て行った。相変わらずマイペースだ。焦りがまったくない。

（いや、焦る必要がないのか、小宮山君は）

一人きりになったカラオケボックスは手持ち無沙汰で、海路は足をぶらぶらさせながら考えた。隣の部屋の客の、調子はずれの歌が微かに聞こえる。

海路が橋の上でのことを口にした時、蓮は「やっぱり」と言った。海路の時間が巻き戻っていることを、あらかじめ想定していたのだ。

たぶん蓮は、今のこの状況について、海路よりも詳しい情報を持っている。

それはなぜか。そこまで考えたところで、蓮がグラスを二つ持って戻ってきた。

コーラを海路の前に置く。蓮のグラスは鮮やかな緑、メロンソーダだ。さっき、笑っていたくせに。

「小宮山君も、時間が巻き戻ったんだね？　た、タイムスリップ、っていうの？」

話の続きを早く聞きたくて、のんびりメロンソーダを飲む蓮に尋ねた。

蓮は緑色の炭酸水を一口飲み、グラスを見つめてから口を開いた。

「俺はタイムリープって呼んでるけど、スリップでもトラベルでも、好きに呼べばいいんじゃないか。けど、『小宮山君も』って言葉は正しくないな。お前が俺のタイムリープにくっついてきたんだ」

「どういうこと？」

すかさず尋ねたのに、蓮はまた一口、メロンソーダを飲む。その態度があまりに悠長なので、さすがの海路もイライラした。

「ちょ……あの、メロンソーダ飲んでる場合じゃないと思うんだけど」

「今さら焦ってもしょうがないだろう。お前が言うとおり、時間が巻き戻った。俺と、お前の意識だけな」

「そうじゃなくて、もう少し説明してくれないかな。なんで俺がタイムリープしたってわかったの？　……あ、光一君に送ったメッセージか」

話の途中で気がついた。蓮もうなずく。そこでようやく、グラスをテーブルに置いた。

「前回、お前は光一にメッセージを送ったりしなかっただろ。俺と一緒に橋の上から落ちて、前と違う行動を取った。もしかして、って思ったから、確認のために呼び出したんだ」

蓮の口調は、どこまでも淡々としていた。橋から落ちたことも、時間が巻き戻ったことも、彼にとっては大した事件ではないらしかった。

それから、橋での出来事を思い返す。あの時の海路は、蓮が後追い自殺をするつもりだと思い込んでいた。

でも、蓮はあの時、海路の「身投げ」という言葉を否定した気がする。

「あそこで自殺するつもりじゃ……なかった？」

海路の言葉に、蓮は軽く首肯した。

「自殺なんかしない。花束を投げるつもりだった。それがトリガーだから」

「トリガー」

トリガー、引き金、きっかけ。

「あの橋の真ん中から、川下に向かって花束を投げる。それがタイムリープのトリガーだ。川上に向けても、橋の袂からでもいいのかもしれないが、試したことはない」

海路は気持ちを落ち着けるためと、今の言葉を頭の中で整理するため、コーラを飲んだ。蓮はこうなることを見越して、ドリンクのお替わりを持ってきてくれたのかもしれない。

「その口ぶりからすると、小宮山君、何度もタイムリープしてるってことになるよね」

「巻き戻るのは四回目だな。だから、これが五度目の高校三年生」

「四……五……三年生？」

四度目なの、五度目なの？　頭がこんがらがる。海路の様子に気づいたのか、蓮はストローの紙袋を綺麗に伸ばして、テーブルの上に横向きに置いてみせた。細長い袋の左端に、人差し指を置く。

「俺が初めてタイムリープする以前、ごく普通に高校三年の一年間を過ごした。もちろん、未来のことなんて知りはしない。これが一度目の高校三年生。タイムリープはゼロ回目」

左端の指が、ストローの袋の右にスライドして右端を叩く。ふんふん、と海路はうなずいた。

「二〇二五年の三月、あの橋の上から花束を投げたら、時間が巻き戻った。瞬きする間に、二〇二四年五月六日、つまり今日に巻き戻ってたんだ」

蓮の人差し指が、右端から飛んで左端に戻る。

「これが初めての、一回目のタイムリープで、ここからが二度目の高校三年生だ。こんな感じでタイムリープを繰り返した。で、お前が俺を突き飛ばして橋から落ちた。花束も一緒に落ちたんで、トリガーが作動したんだろうな。これが四回目のタイムリープ。明日から五度目の高校生活が始まる」

「だから、突き飛ばしてはいないんだけど」

カウント方法については理解できた。ややこしいが。

「すごいね。小宮山君は、超能力者なんだ」

意図的にタイムリープのトリガーが引けるのだから、超能力を持っているのは蓮なのだろう。海路は、自分が異能に目覚めたのでは、と期待していたので、ほんのちょっぴり落胆した。

「超能力、ね」

蓮にはその言葉が意外だったらしく、軽く目を瞠(みは)って海路を見つめた後、クスッと笑った。ほんの少しだけ、蓮の目元が和む。その笑顔に、なぜだか海路は胸を突かれた。

「さあ、どうなのかな。俺も、この現象が何なのかいまだにわからない。ゼロ回目、光一が死んだ時、やるせないっていうのかな。感情の持って行き場がなくて、衝動的に持ってた献花を橋の上から投げたんだ。そうしたら時間が巻き戻った。偶発的だろ」

蓮はなんてことない口調で言ったが、好きな人が死んだのだ。やるせない、という感情がどれほどのものだったのか、察するに余りある。

と、そこまで考えて、何かが頭の隅に引っかかった。

ゼロ回目、光一が死んで、献花を橋から投げたのがタイムリープのきっかけだった。

（それってつまり……）

「初めてタイムリープした後、もう一度あの橋から花束を投げてみた。そうしたらまた、時間が今日に巻き戻ったんだ。それで、橋から花束を投げれば時間が巻き戻るんだと確信した。俺が超能力者なのか、神様みたいな超越した存在が事を起こしてるのか、わからない。知りようもないし、その辺は気にしないことにしてる」

蓮の言葉に確信を持ちつつ、別のことを尋ねてみる。

「巻き戻るのは、必ず今日なの？」

「必ず今日の昼前に戻ってくる。ただ……」

蓮がそこで、何か考えるように視線を落としたので、海路は釣り込まれて身を乗り出した。

「ただ？」

「花束を投げる日……つまりトリガーを引く日も、毎回同じ日の、だいたい同じ時間だからな。トリガーを引く日付が変わったら、巻き戻りの時点も変わるのかもしれない。けど、試したことはない。前回と違うことをして、やり直せなくなったら困るから」

やっぱり、そうなのだ。

海路は唐突に重力を加えられたように、全身が重くなるのを感じた。

タイムリープという非現実的な事象に浮足だっていたけれど、蓮がタイムリープを繰り返す理由に気づいて憂鬱になる。

「もしかして、だけど。何度も時間を巻き戻して、そのたびに……光一君は、死んでる？」

蓮はあっさりうなずいた。

「そう、そうなんだ。だから小宮山君は、何度もやり直しをしてるんだね。光一君を救うために」

これが四回目のタイムリープ。今までに三回、やり直した。光一を救うために。でも三回とも失敗して、光一は死んでしまった。蓮は計四度も、好きな人の死を目の当たりにしなければならなかった。

（だからか）

海路は唐突に理解する。

タイムリープ前、ゴールデンウィーク明けに、蓮が変化した。

太陽みたいに明るい少年から、暗く静かで、大人びた男に。

海路たちにとっては、ひどく唐突に見えたけれど、今なら納得できる。蓮は約四年分の時間を経ていた。大人びたのではなく、大人なのだ。

ここに来るまで四年。たった一人で時間を繰り返していた。

目の前の、自分より何倍も逞しい同級生が、ひどく孤独で悲しい存在に思え、涙が溢れた。

だが蓮にとっては、これまた想定外だったらしい。

ぽろぽろと涙をこぼす海路に、「は？」と引き気味の声を上げた。

「なんでお前が泣くんだ？」

「ごめん。俺にそんな資格はないんだけど。でも、小宮山君。一人で頑張ったなあって……っ」

「……はあ。……どうも」

蓮は戸惑ったような微苦笑を浮かべ、メロンソーダを飲む。

温度差が激しい。海路は急いで涙を拭った。きちんと座り直して、蓮を見る。

「三回やり直したけど、光一君は死んじゃったんだよね。事故を阻止するのって、そんなにむずかしいの？」

気を張って尋ねたけど、蓮はやっぱりすぐには答えてくれなかった。メロンソーダを一口飲み、「それを聞いてどうするんだ？」と、こちらを見ずに尋ねる。

「どうするって、そりゃあ、小宮山君に協力するんだよ。光一君の死を回避するんでしょ。俺も協力する。だからもっと教えてほしい。小宮山君の知ってること」

「……想像どおりだな」

低い声で蓮が言った。ゆっくりとこちらを見て微笑を浮かべたが、その目は冷たく、笑いは皮肉めいていた。

何か不味いことを言っただろうか。不安に駆られて蓮を見ると、相手もこちらの怯えを見て取ったのか、視線を外して緩くかぶりを振った。

「ここに来るまでにいろいろ考えた。お前も一緒にタイムリープしていたとして、俺がタイムリープを繰り返していることや、その理由を打ち明けるべきか」

打ち明けない選択肢もあったのか。もしそうだったら、何も知らされずにいたら、海路はどんな行動を取っていただろう。

「あまり俺の周りで勝手なことをされても困るから、打ち明けることにしたんだ。打ち明けて、お前がどんなリアクションを取るかの予想も立ててたんだが、感動したり泣いたり、予想外だったな。今初めて、想像どおりの反応が返って来た」

そういう意味での、「想像どおり」発言だということだ。経緯を説明してくれたのは嬉しいが、いずれにしても蓮は、海路の協力の申し出を喜んでいないようだった。

「俺が協力するって言ったの、迷惑？」

「はっきり言えば」

蓮は即座にうなずいた。本当にはっきり言う。海路は肩を落とした。

蓮が光一を好きなことは知っている。蓮も、海路が蓮を好きなことを知っている。その上で、こちら側に入って来るなと言う。

これは蓮と光一の物語で、海路は部外者なのだと、締め出されたのだ。

自分はどこまでも、たとえタイムリープというとんでもない出来事に巻き込まれたとしても、それでもただのモブなのだ。

「別に、小宮山君の恋路を邪魔しようってわけじゃないんだよ」

コーラを飲みながら、つい愚痴をこぼしてしまう。

「恋路って」

苦笑が返って来たから、こちらも言い返した。

「光一君のこと好きだって、言ったじゃん。中学の時から好きだったって。タイムリープする前に。俺、覚えてるよ」

じろりと上目遣いに蓮を見る。

迷惑だとはっきり言われたせいか、こちらも変な気負いがなくなった。今までは蓮に嫌われたくなくて、彼の機嫌を損ねたくなくて、一言しゃべるたびに緊張していた気がする。

でも、相手は最初から、海路のことなんかまったく眼中にないのだ。何をどう言ったところで、どんな態度を取ったとしても、ザコがなんかしてる、くらいにしか思われないのだろう。

悲しいけれど、最初から何も期待されていないというのは、それはそれで気が楽かもしれない。とりあえず肩の力は抜けた。

「言ったな、そう言えば。けど、俺が勝手に好きだっただけだ。そもそもの話、光一はこっち側じゃないからな」

「まだ、わかんないじゃん。そのうち、光一君も目覚めるかも」

我ながら無責任な発言だと思ったが、蓮も皮肉っぽく笑った。

「何に目覚めるんだよ。性指向は超能力じゃねえぞ。お前もいつか、異性に目覚めるのか？」

「……それは、ないかも」

よくわからなかった。女嫌いというわけでもないし、女の子とキスするくらいは、嫌悪なくできるかもしれない。相手は嫌かもしれないが。でもそれ以上の行為は、想像だけにしてもちょっと抵抗感がある。

やっぱり好きになるのは男、というか、小宮山蓮なのだ。

「……三十分経ったな。そろそろ帰るか」

蓮が、自分のスマホを取り出してぽつりと言う。うん、とうなずきそうになって、慌てて顔を上げた。

「ちょっと待った。話がずれたよね。俺が協力するかしないかって話だった」

迷惑だとは言われたが、まだ納得したわけじゃない。

立ち上がろうとする蓮を制すると、相手はあからさまに顔をしかめた。

「俺は迷惑だって言ったよな」

「なんで迷惑なの。光一君を救うんでしょ。協力者がいたっていいじゃない」

「じゃあ聞くが、協力って、具体的に何をするつもりだ？」

素っ気ない口調で聞かれて、言葉に詰まった。頭の中で協力という意味について考えてみる。

何をどうすればいいか、まだわからない。

「だから、何をすべきか考えるために、もっといろいろ教えてよ。小宮山君の話には、説明が足りないと思う」

「たとえば？」

蓮は面倒くさそうに返す。それでも帰るのは思い直したようで、ソファに座り直した。

「たとえば……前のタイムリープのこととか。光一君は今までに四回死んでるんだよね。毎回、同じ事故で亡くなるの？　もし同じなら、阻止するのはそれほど難しくなさそうだけど」

前回と同じ状況で死ぬのなら、事故が起こるその日その場に、光一が行くのを阻止すればいい。

わりと簡単なことに思える。でも蓮は、何度も阻止に失敗している。

「ぼんやりして見えて、わりと鋭いところを突いてくるな。そうだよ、光一は毎回、違う理由で死ぬ。四回とも事故死だけど、事故に遭う日付も時間も場所も、ぜんぶ違う」

「それは……」

言葉が見つからなかった。

「そう。いつ事故に遭うのか、わからないってことだ」

蓮が言葉を引き取る。それから過去を思い出したのか、疲れたようにため息をついた。

「最初、初めてタイムリープした時は、前回と同じ日に、同じことが起こると思ってた」

最初の光一の死は、三月十八日の夜、自宅近くのコンビニの駐車場で、酔っ払い運転の車に撥ねられる、というものだった。

だから蓮は、三月十八日までは何事もないと思い込んでいた。油断していた。

「光一は、二月十九日に死んだ。大学受験の当日だ」

朝、試験会場に行く途中の駅のホームでトラブルに巻き込まれ、ホームから転落して電車に轢かれた。

その時も、光一には何の落ち度もない、理不尽な死だった。

ホームに並んでいたサラリーマンが喧嘩を始め、揉み合いに発展した。前に並んでいた光一は彼らの揉み合いに巻き込まれて転落したのだ。喧嘩をしていた二人は無事だった。

「ひどい」

なぜ光一ばかりが、そんな目に遭わなければならないのか。不条理だ。

海路は悔しさに唇を噛んだが、蓮はちらりとそれを見ただけで、表情を変えなかった。

「そこからまたやり直して、なるべく光一のそばに付いていることにした。それでもまだ、受験シーズンは要注意なんだろうな、ってくらいにしか考えてなかった」

二回目のタイムリープ、蓮の三度目の高校三年生、光一の死は年が変わる前、秋に訪れた。

「秋、十一月十五日に強風の日があったんだが、覚えてないよな」

言われて、海路はタイムリープ前の記憶を思い出してみる。あったような気もするが、覚えていない。

正直に言うと、「だよな」と、蓮もうなずいた。

「なんてことのない日だった。ただ風が強い日、だ。でもその突風に煽られて、光一は転倒した。自宅の前で。そこに外出先から戻って来たお袋さんの車が、たまたま通った」

光一は、自分の母親の車にぶつかって亡くなったのだ。なんという悲劇だろう。

本当に間が悪かった。母親の車は自宅すぐ手前の角を曲がったところで、徐行運転をしていた。普通なら死亡事故はおろか、かすり傷も負わないような速度だ。

しかし運悪く、足の悪い息子が風に煽られて転倒し、車の一部がその頭部を直撃した。当たり所が悪く、意識を失った光一は病院に運ばれて数日後、目覚めないまま他界した。

「お袋さん、あの時はさすがに見てられなかったよ」

この時ばかりは蓮も、苦い口調になった。間が悪かったとはいえ、自分が息子を死なせてしまったのだ。

海路は、「お別れの会」で見た光一の母親を思い出す。げっそりとやつれ、今にも死んでしまいそうだった。

「葬儀はどうにか済ませたけど、お袋さんも体調を崩して入院することになった。年が明けて俺たちの卒業間近になってようやく、落ち着いてきた。それでその時も、三月の二十二日に『お別れの会』が行われたんだ」

三月二十二日。海路がタイムリープ前に参列した「お別れの会」も、三月二十二日だった。

「小宮山君、さっき、トリガーを引く日は毎回、同じ日だって言ってたよね。光一君が死ぬ日はバラバラだけど、『お別れの会』は毎回同じ日ってこと?」

「そうだな。いつもなんだかんだで、同じ日になる」

不思議な現象だ。いや、不思議と言うなら、タイムリープという現象こそ不思議なのだが、気になる一致である。

「三月二十二日に、何かあるのかな」

そこに何かの真実があるような気がしたのだが、蓮は「さあ」と素っ気ない。

「言っただろ。他の日は試したことがないって。他の日に花束を投げてもいいのかもしれないが、それで別の日に巻き戻って光一がすでに死んでいたら、あるいは時間を巻き戻せなくなったら、取り返しがつかないだろ」

「確かに」

気になることはあっても、検証する余裕はないのだ。何しろ、人の生死がかかっている。

「タイムリープ三回目の一年間は、お前の記憶にある通りだ」

つぶやいた蓮の表情に、ほとんど変化はない。海路もすっかり見慣れた、気だるげな表情をしている。

「お前も一年、同じクラスで過ごして見てきたと思うが、俺はずっと光一の隣にいた」

海路はうなずく。文化祭などの行事でも、蓮は光一と一緒だった。彼女をエスコートする彼氏みたいだと思った。もしくはボディガードとか。実際、ボディガードだったのだ。

「大変だったね。でもそういえば、本人には伝えなかったの？」

　ふと疑問を思いつき、何気なく口にしたのだったが、蓮が軽く眉をひそめ、「本人？」と聞き返してきたので、ひやりとした。

「う、うん。だって、光一君はいつどこで、事故に遭うかわからないんでしょ。本人にも真実を知らせておいたほうがいいんじゃないかと思って。注意喚起っていうの？」

　そうでなければ、たった一人でボディガードを続けるのは難しいのではないか。海路が仲間に加わって、ボディガードが二人に増えたとしても、だ。

　素朴な疑問だったし、特におかしなことを言ったつもりはなかったのだが、蓮はさらにきつく眉をひそめた。

「あいつに話すのか。俺が未来から来ました、って？　信じてもらえるわけないだろ。頭がおかしくなったと思われるのがオチだ」

　それはそうかもしれない。それでも、伝えてみるくらいのことは、してもいいと思うのだが。

「いや、あの、大変だなって思って。ずっとボディガードしてるの」

　相手の態度が急に硬化したので、海路はうまく自分の考えを伝えることができなかった。蓮はそれに、ふいと顔をそむけて「別に」と、つぶやく。

「それであいつの……好きな人の命を救えるなら、四六時中張り付いてるくらい、何ともない」

にべもなく言われて、海路は唐突に部屋から閉め出されたような気分になった。

好きな人。蓮にとって光一は、かけがえのない大切な人だ。

わかっていたけれど、改めて言われると海路は胸が切なくなる。とっくに失恋しているのに、また失恋した気分だ。

そんな海路の内心など、気にも留めていないのだろう。蓮は淡々と話を続ける。

「俺はいい。自分の意志でやってるんだから。けど、お前は違うだろ」

海路は巻き込まれただけだ。関係ないと言いたいのだろう。でも、と海路は食い下がった。

「そうかもしれないけど、でもさ。でも、俺だって光一君のクラスメイトなんだよ。それほど接点はなかったけど、クラスメイトが死んで悲しかった。やり直せるなら、俺だって光一君を救いたいって思うよ。だから、協力させてほしい」

それほど無理を言っているつもりはない。なのに蓮は、軽く眉をひそめた。

「だから、どうやって？　四六時中、一緒にいた俺が救えなかったんだ。お前がいたって無理だろ。それに元から、光一や俺と仲が良かったわけじゃない。いきなりお前が俺たちと行動したら、不自然じゃないか」

「それは、そうだけど。これから仲良くなったり……同じグループに入れてもらえたら、手伝えることがあるんじゃないかな、って」

同じグループ、ということを、深く考えて言ったわけではない。このまま蓮の言うとおりに引き下がるのが癪だっただけだ。

しかし蓮の眉間の皺は、さらに深くなった。

「同じグループなんかない」

蓮の言葉に、海路も思い出した。三年の初め、蓮の周りにパリピっぽいクラスメイトたちが集まって、緩やかにグループが形成されていた。

でもゴールデンウィークの後、蓮の性格が変わって取っつきにくくなってから、できかけていたグループも空中分解したのだ。

蓮は、光一以外のクラスメイトと仲良くするつもりがなかった。今もないのだろう。

蓮のすべてのベクトルは、光一に向かっている。呆れるくらい一途だ。

「でも、俺……」

海路は言葉を探した。蓮の深いため息がそれを遮る。

「頼むから、聞き分けてくれよ」

蓮はため息混じりに言いながら、ちらりとスマホのディスプレイに目をやった。この会話を、早く終わらせたいのだろう。

「光一は四回とも事故死だった。今後も、事故死以外はないだろうと俺は思ってる。つまり、いつ事故に遭うかわからないんだ。その時お前が近くにいて、巻き込まれない保証はないだろ。

光一は助かって、お前だけ死ぬってこともあり得るんだぞ。俺のタイムリープに巻き込まれたみたいにな」

海路はハッとして蓮を見た。

光一を救わなくては、と使命感に燃えていたが、自分の身の危険については考えたことがなかった。

もしかして、海路の身を案じてくれているのだろうか。頑なに協力を拒んだのは、そういうことなのか。

一瞬、そんなことを考えたが、眉間に皺を寄せている蓮を見たら、気のせいだと思えた。

蓮は光一のことしか見ていない。海路のことは、単に邪魔なだけだろう。

「危ないって言ったら、小宮山君だって危ないじゃないか」

「俺は、お前みたいにぼんやりしてない。運動神経もいいし」

「そ……それは、ひどいよ。俺、そんなにぼんやりしてないよ。そりゃあ、運動神経では敵わないけどさあ」

バスケ部の元エースとパソコン研究会では、比較にならない。

他に食い下がる言葉が見つからなくて、肩を落とす。こちらが諦めたと思ったのか、蓮の表情がいくらか和らいだ。

「お前は巻き込まれただけで、タイムリープも今回限りだ。ボーナスタイムだと思って、気楽に過ごせよ。それで、俺たちにはあまり、関わらないでもらえるとありがたい」

最後の言葉が蓮の本音で、海路を呼び出してまで釘を刺したかったことなのだろう。

俺たちには関わるな。

蓮はやっぱり、海路のことなんか心配していなかった。

「モブはモブらしくしてろってこと」

不貞腐れて、海路はつぶやく。蓮が訝しげに「モブ？」と、聞き返したが、海路は「何でもない」と、首を横に振った。それから、ふと疑問が浮かぶ。

「俺のタイムリープは、これきりなの？」

「今回、お前が俺と一緒にタイムリープしたのは、トリガーが引かれて時間が巻き戻った瞬間に、俺にくっついていたせいだ。なら、これっきりだろ。またお前が、俺を突き飛ばさない限りは」

「だから、突き飛ばしたんじゃないって」

ツッコむと、蓮は小さく笑った。冷ややかで皮肉めいた笑みではなく、目元が和んだ優しい微笑みだ。

海路がその笑顔に見惚れていると、蓮は不意に立ち上がり、海路の頭をクシャクシャとかき交ぜた。

「わっ、何だよ」

こっちはまだ、納得したわけではないのに。海路が睨むと、蓮はクスッと笑った。

「なんだよ、もう」

「帰るぞ」

かと思うと、さっさと部屋を出て行く。

海路がのろのろと追いかけると、蓮はフロントで料金を支払い終えていた。

「お金は明日、学校で返すね」

料金はいくらかと尋ねたら、「いい」と、固辞された。

「俺が呼び出したんだから、俺が払うって言ったろ」

重ねて言われて、海路も素直に奢られることにした。

まだ、お前は関係ない関わるな、という蓮の言葉に同意したわけではないけれど、光一を救うのに協力したいという自分の申し出も、条件反射的で考えなしだ。今は引き下がるしかなかった。

「ここから歩きだよな。方向はどっち？」

カラオケ店を出て、蓮に聞かれた。こっち、と家の方角を指すと、蓮もそちらに歩き出す。

「あの、一人で帰れるよ」

もしかして、家まで送る気なのだろうか。海路が言うと、蓮は「大丈夫？」と、海路の目を見て尋ねた。

「うん。ここから五分くらいだし。女の子じゃないんだから」

海路が言うと、蓮は「まあ、そうなんだけど」と、微苦笑を浮かべた。

「お前も、どこかぼんやりしてるからな」

「してないよ」

すかさず返したら、今度ははっきり笑われた。

「じゃあな。気をつけて帰れよ」

「そっちこそ。ここから電車でしょ」

「うちから意外と近かった。電車も入れて二十分くらい。じゃあ、また明日な」

「うん、また明日」

柔らかい相手の声と表情に、こちらも自然と力が抜ける。

手を振って、蓮と別れた。何となく心が温かくなったけれど、一人で夜道を歩いているうちに、だんだんと気持ちは沈んでいった。

——お前も、どこかぼんやりしてるからな。

先ほどの、蓮の言葉を思い出す。お前も。彼はあの時たぶん、光一を思い出していたのだろう。

「どうせ俺はモブですよ」

暗い夜道を歩きながら、つぶやく。

時間が巻き戻るという、ものすごいことが起こった。自分が物語のヒーローになった気分だった。

でも実際の主人公は蓮で、相手役は光一だ。海路は何も関係ないと言う。

モブはどこまで行ってもモブなのだ。主人公の目には決して映らない。

すごく惨めで、泣きたい気分だった。

それから、毎日が何事もなく過ぎていった。

蓮はゴールデンウィーク明け、雰囲気が変わって周囲を驚かせたが、海路にとってはもう、驚くことではない。

ゴールデンウィークの前と後で、蓮は文字通り、別人になったのだ。今の蓮には別の蓮が乗り移っている。四回も高校三年生をやり直している、異次元の蓮が。

そういう意味では、海路ももう異次元の海路なのだが、蓮のような命運を背負っていないせいか、やり直しが一回目だからか、周りから「変わったね」と言われることはなかった。

一度だけ、同じパソコン研究会の友達から、

「なんかスーちゃん、大人っぽくなった気がする」

と、言われた。スーちゃんとは、むろん鈴木の愛称である。ただし、その友人はすぐに、

「やっぱ気のせいかもしんない。いつものスーちゃんだわ」

と、訂正した。変化もその程度ということだろう。

ゴールデンウィークが明けた当初、海路はまだ、蓮に協力することを諦めていなかった。自分だって蓮と光一のクラスメイトだ。何かできることがあるのではないか。

そう考え、蓮と光一に近づこうとしたけれど、うまくいかなかった。

蓮の周りには同じグループの、言わば取り巻きがまだ残っていて、海路が話しかけるとそれだけでびっくりされた。

「何、どうしたん。何か用？」

特別な用事があるのだろう、という反応をされて、とても仲間に入れてくれと言える雰囲気ではなかった。蓮も彼らの肩越しに眉をひそめている。

何でもないです、と、すごすご引き下がり、今度は光一に話しかけてみようと試みたけれど、これもうまくいかなかった。

光一の隣には常に蓮がいて、目を光らせている。

一度、昼休みに蓮がトイレか何かに行って、光一が教室に一人でいた時があった。海路はその隙を見逃さず、すかさず光一に近づいて話しかけた。

「あの、こ、光一君。この前はごめんんね。この前っていうか、もう何週間も前だけど。ゴール

デンウィークの時。変なメッセージ送っちゃって」

光一に話しかける時は、話題をちゃんと考えてきたのだ。光一は少し驚いていたけど、「ああ、そのことか」と、おっとり答えてくれた。

「変じゃないよ。去年の事故以来、なんかみんな心配してくれるんだよね」

だから海路のメッセージも、特別おかしくはないと言うのだ。

いい人だな、と海路は感動した。以前も思ったけど、光一は人生一回目なのに、人間ができてる。

蓮や蓮の取り巻きの、冷淡な態度を味わった後だと、光一の善人ぶりが余計に心にしみた。

「光一君て、いい人だね」

嬉しくて言ったら、「大げさだなあ」と、またおっとり笑われた。いい感じだ。

蓮の取り巻きとは仲良くなれそうにないけど、光一となら陰キャの自分でも仲良くなれるかもしれない。

そう思っていたのに、蓮が教室に戻って来て、会話は中断されてしまった。

「何か用?」

海路が光一に近づいているのを見た途端、蓮の表情が険しくなった。近づいてきて、剣呑(けんのん)な声で言う。

「……別に。何でもない」

海路はすごすごと、自分の席に戻るしかなかった。

「ちょっと話してただけなのに。感じ悪くない？」

光一が蓮に、抗議するのが聞こえた。やっぱり光一はいい人だ。

「俺はただ、何か用？　って質問しただけだよ」

蓮が言い返している。海路がちらりと彼らを見ると、蓮もこちらを見ていて、慌てて目を逸らした。

事はそれで終わったのかと思っていたのに、その日の午後、体育の授業の時、蓮が海路のそばに来た。

「関わるなって、言ったよな」

周りに聞こえないくらいの声で、ぼそりと言う。

海路はムッとした。わざわざ光一のいない体育の授業を狙って、海路に釘を刺すなんて。

「俺は、クラスメイトと雑談も許されないわけ？　それとも、小宮山君にいちいちお伺いを立てないと、光一君としゃべっちゃいけないのかな」

あまりに苛ついたから、蓮を睨み上げて言った。

蓮は、海路がそんなふうに威勢よく言い返すなんて、想像もしていなかったようだ。動揺したように目を見開き、しばらく海路の顔を見つめていた。

「そんなこと言ってない」

蓮は海路から視線を外すと、気持ちを落ち着けるように目をつぶり、ゆっくりした口調で言った。

「クラスメイトの命を救うとか、そういう使命感で光一に近づくなら、やめてくれ」

「迷惑だって言うんだろ。光一君の命なのに、そういうことも、小宮山君が勝手に決めちゃうんだね」

蓮はもちろん海路も、それほど大きな声を出しているわけではなかった。

でも、モブの陰キャがクラスの人気者と言い合っている姿は、クラスメイトの目に珍しく映ったに違いない。

いつの間にか、クラスメイトの視線がこちらに集まっていた。体育の先生も異変を感じたのか、「小宮山たち、何かあったか？」と、遠回しに尋ねてくる。

「何でもないです」

教師に返事をしたのは、海路だった。蓮は教師を気にしていなかった。

「あいつの周りは危険だって言ったよな。お前も事故に巻き込まれるかもしれないって」

「何だよ。心配してやってるんだって言いたいの」

蓮が早口に言い、海路も相手を睨み返す。辺りは静まり返っていて、先生もクラスメイトも固唾（かたず）を呑（の）んでこちらを見ていた。蓮と海路の言い争いが、激化するのではと懸念したのだろう。

蓮もそうした周囲の様子に気づいているようだった。目だけでちらりと周囲を見回してから、海路の耳元に顔を寄せ、ぼそりと囁いた。

「俺は、間違ってお前が死んでも、やり直したりしないからな」

言葉の意味を理解して、海路は大きく息を呑んだ。蓮はふらりと海路から離れる。

海路もそれ以上、何も言わなかった。いや、言えなかった。

二人の距離が離れたので、教師は気を取り直して授業を再開した。クラスメイトたちは好奇心いっぱいの目をこちらに向けている。

海路は必死に涙をこらえ、何でもない振りをしていた。

ここで泣いたりしたら、余計に目立ってしまう。クラスメイトたちにもいじられるだろう。

そうなっても、蓮は助けてくれない。

——お前が死んでも、やり直したりしない。

蓮の言葉を反芻して泣きそうになり、慌てて頭から追い出す。

もし、光一の事故に海路が巻き込まれたら。それで光一が助かって、海路が死んだら、蓮はやり直してはくれない。

(知ってるよ、そんなこと)

蓮が必死になって救うのは、光一だけだ。何度もタイムリープするのも、光一のため。

海路のために動いたりしない。わざわざ言わなくたって、わかってる。

こちらが諦めて傍観者に徹するようになるまで、蓮は海路に冷たい言葉を投げつけるだろう。

海路が自分を好きだと知っていて、海路の心を切り裂き続ける。

（そんなに、邪魔されたくないんだ）

光一と、二人の世界を作りたいのか。

海路は、グラウンドを走る蓮に目をやった。長い手足をしなやかに振って、いとも簡単に高跳びのバーを越える。綺麗なフォームだった。

ついつい見とれてしまうくらい、蓮はカッコいい。彼のことが好きだ。

でも今は、恨めしい気持ちでいっぱいだった。

蓮は身勝手で横暴だ。好きな人には尽くすけれど、そうでない人にはとことん冷たいのだ。

以前の、明るかった頃の蓮は、ニコニコした外面でそういう身勝手さを巧妙に隠していたのだろう。

悲しみと悔しさに打ちのめされ、海路は蓮を恨んだ。

光一を救おう、救わなくちゃ、という気持ちが萎(しぼ)んでいく。

自分は助けようとしたのだ。協力しようとした。でも、蓮がそれを拒んで阻んだ。

ここまで言われたらもう、諦めるしかないじゃないか。

海路の心は折れて、それきり、蓮と光一に関わるのを諦めた。

前回と同じ一学期を終え、夏休みが過ぎて二学期になった。

体育の授業の一件以来、海路は露骨に蓮と光一を避けていた。下手に近づいて、また蓮に傷つけられたくない。

もともと仲良くなかったから、避けるのは簡単だった。蓮も何も言わないし、それどころかこちらを見ようともしなかった。

そのことでまた少し悲しい気持ちになったけれど、気にしないようにした。

蓮の言うとおり、海路のタイムリープはこれっきりなのだ。光一が助かっても助からなくても、海路はこの先の未来を順調に進んでいく。そのはずだ。

来年の四月になれば高校を卒業して、大学に進む。蓮が送ったことのない大学生活を送るようになる。……今回もちゃんと、大学に合格すればの話だが。

今回の夏休みは、前回よりも受験勉強を頑張ったので、ちょっとだけ成績が上がった。

これに気を良くして、二学期も真面目に勉強に取り組んだ。

十一月の初め、文化祭の前日、前回と同じように文化祭の準備に加わった。

正直、面倒だからサボろうかなと思った。前回は、クラスの十名ちょっとは居残って準備をしていた。海路一人くらいいなくても大丈夫だろう。

そう思ったのだけど、でもみんなおしゃべりに夢中で、真面目に作業をしている人は少なかったな、と思い出してしまった。

文化祭実行委員の二人と、あと蓮が、翌日の文化祭に間に合わせるために、黙々と作業をしていた記憶がある。

思い出すと放っておけなくて、海路も残ることにした。

教室には前回と同じクラスメイトが居残り、各自が前回とまったく同じ仕事を割り振られ、そして途中でホチキスの針が足りなくなった。

「俺が買ってくるよ」

面倒だなと思いながら、海路は手を挙げる。するとこれも前回と同様、「ついでに買ってきて」と、ジュースや食べ物の注文が無責任に飛び交った。

「一人一人の希望を聞いてたら、遅くなるよ。みんなで食べられるお菓子とか、大きいペットボトルを買ってくる」

前回、蓮が仕切ったのを真似(まね)して、海路は言ってみた。蓮の助け舟は期待していなかった。二度目だし、きっと蓮は助けてくれない。そう思っていた。

「俺も行く」

蓮が間を置かず名乗り出て、海路は驚く。

「一人じゃ重いだろ」

蓮が素知らぬ顔で言い、こうして前回と同じように、二人で買い出しに行くことになった。

「手伝ってくれなくても、よかったのに」

教室を出て二人きりになると、海路は言った。蓮はそれに返事をせず、海路も気まずくなって、それ以上、何か言うのをやめた。

しかし、校舎を出たところで、思い出したように蓮が口を開いた。

「荷物が重いのは事実だろ。俺も早く帰りたい。それに、ルーティンだからな、毎回の」

先ほど、自分が発した嫌味に対する返事だと気づいた。海路は隣を歩く蓮の横顔を見る。蓮は前を見たまま、再び口を開いた。

「毎回、お前が足りなくなったホチキスを買いに行くんだ。前回も、前々回も。めんどくさそうで、内心行きたくないんだろうなってありありとわかる顔で手を挙げる」

「めんどくさいし、行きたくないよ」

海路が言うと、蓮はちょっと笑った。目元が和んだ、優しい笑みだ。

その笑顔にドキッとしてしまい、海路は慌てて目を逸らした。

「みんなそうだろ。誰かが買いに行かないと、作業が終わらない。でも誰も手を挙げない。お前だけが毎回、貧乏くじを引くんだ。それで俺はモヤモヤして、俺も行くって言う」

「小宮山君も貧乏くじだね」

素っ気なく言ったけど、内心では嬉しかった。蓮だってめんどくさいだろうに、海路が放っておけなくて毎回、手を貸してくれるのだ。海路の記憶にはない、前々回やそれ以前も、彼は繰り返し助け舟を出してくれていた。

蓮の意外な優しさを嬉しく思い、それから、小宮山蓮という人がわからなくなる。

身勝手で残酷で、周りの目なんて気にしない。光一と自分のことしか考えていないようなのに、モブの海路に毎回、助け舟を出す。

優しいのか優しくないのか、わからなかった。

(深く考えるの、やめよ)

突き詰めると蓮を美化してしまいそうで、海路は途中から考えるのをやめた。

もう蓮に対して、ほんのわずかな期待も寄せたくない。期待して、また冷たくされて傷つくのは嫌だ。

その後、二人は必要な会話以外、ほとんど交わすことはなかった。

前回と同じコンビニで、ホチキスの針と、お菓子とジュースを買って学校に戻る。

準備は滞りなく終わった。

文化祭が終わり、十一月十五日の強風の日も、光一は事故に遭うことなく生き延びた。

海路は相変わらず蓮たちを避けているので、詳しいことはわからないが、十五日はたぶん、蓮が家の前まで光一を送り届けたのだろう。

そんなこんなで、光一は翌年の受験シーズンも無事に生き延びた。

海路の記憶にある、三月の卒業式直前に起こった煽り運転の事故は、加害者だった男性が自損事故を起こして軽傷を負っただけで、他人を巻き込むこともなく終わった。

今回の卒業式は、蓮と光一の二人も出席した。保護者席に涙ぐむ光一の母の姿を見つけて、海路も思わずジンと胸が熱くなった。

光一は今回も無事、第一志望の医大に合格したらしい。海路も前回と同じ大学に合格したし、蓮も第一志望の大学に決まったようだ。

「二人とも、卒業おめでとう」

卒業式が終わって、一度だけ海路は、二人並んでいる蓮と光一に声をかけた。

「海路君も、おめでと」

光一は、一緒に卒業するクラスメイトから、声を掛けられるのが不思議だったのだろう。一瞬、きょとんとした顔をしてから、すぐ花のような笑顔を浮かべて言葉を返した。

蓮だけは、海路が言葉に込めた意味を正しく理解したようだ。

「サンキュ」

ぶっきらぼうに、でもわずかに微笑みを浮かべて言った。

大して嬉しそうではなかった。

でも、無表情でぶっきらぼうな蓮のことだから、内心は喜んでいても、表に出ていないだけなのかもしれない。きっとそうだ。

海路はあまり深く考えず、卒業式の後の謝恩会や、パソコン研究会の友人たちとの二次会を楽しんだ。

前回は光一の死で沈んでいたけれど、今回は憂いなく素直に卒業を喜べる。それが嬉しい。

これで、タイムリープという非現実的な出来事は終わりを告げる。これからは何の変哲もない日常が、未来の予測などできない日々が始まるのだ。

そう信じて疑わなかった。どうして自分は、これで終わりだと思ったのだろう。

たぶん、そう思いたかったのだ。

クラスメイトが死ぬかもしれない、でも自分は何も関われないという、重苦しくてどうにもならない状況から、一刻も早く脱したかった。

タイムリープなんて、やるもんじゃない。

もう一度きりでこりごりだと、途中からすでに、思い始めていたくらいだから。

今回は、卒業式を終えた翌日だった。

光一はまたも事故に遭い、死んでしまった。

これはもう、呪(のろ)いだ。光一の死の報(しら)せを聞いた時、海路は思った。

今回は転落死だった。

卒業式を終えた翌日、光一は両親と温泉地へ旅行に出かけたそうだ。

そして地元の観光地を徒歩で巡っている最中、山道で足を踏み外し、急な斜面から落ちて死んだ。

ごく普通の、スニーカーで歩けるハイキングコースだったという。転落事故が起こったのはこれが初めてではなく、年に一、二度、斜面の下の方まで落ちたハイカーが、動けなくなってレスキューを呼ぶことがあるらしい。

しかし、死亡事故が起こったことはなかった。それほどの斜面ではなかった。今回も、たまたまだ。

たまたま、落ちた場所に硬い岩があって。光一はそこに後頭部を打ち付けて死んだ。本当に運が悪かった。運以外の、何物でもないだろう。

「こんなの、止められるわけないじゃん」

クラスの連絡網が回ってきて、光一の死を知った後、テレビのニュースを見ながら、海路は独りごちた。

死んだ日と死因が異なる以外、その後の展開は前回とほとんど同じだった。

パソコン研究会の友人や後輩たちも光一の死を知ったらしく、彼らからメッセージや電話がかかってきた。

両親や姉も、海路のクラスメイトの死を聞いて痛ましそうに顔を歪(ゆが)め、前回と同じ言葉を口にする。

「それで、お葬式は？　海路も行くんでしょ」

「葬儀は家族でやるみたい。光一君のお母さんたちも、人を呼ぶ状況じゃないみたいだよ」

母の問いに海路が応えると、家族はみんな「そうだよね」と、沈痛な面持ちでうなずいた。

何もかもが前回と同じだった。蓮はまた、失敗したのだ。今回も、光一の死を阻止することができなかった。

でも、こんな状況でどうやって止められただろう。

今回は家族旅行だった。いくら家族ぐるみの付き合いだとしても、他人の蓮が家族旅行にまで付いて行けるわけがない。

（無理ゲーだよ）

攻略不可能なゲームだ。いつどこで光一が死ぬのか、わからない。ほとんど呪いだと、海路は思った。

光一には、どうしても死ぬ呪いがかかっているみたいだ。

蓮に連絡しようかと考え、また今回も何を言えばいいのかわからず諦めた。

海路にはもう、関係のないことなのだ。

タイムリープに巻き込まれたことはもちろん、光一の死さえ、海路にとってはもう他人事なのだ。関わりたくても関われない。

卒業式を終えた今、光一は元クラスメイトの一人に過ぎず、その死はこの先の未来に永遠に引き継がれるものだった。

四月から、海路は大学生になる。海路が生きて行く世界で、光一は死んだままだ。海路にとっては、高校時代の元クラスメイトが卒業直後に亡くなった、という事実だけが残る。

このやるせない感情も、時間と共にいずれ薄れていくのだろう。

タイムリープをしたという事実さえ、やがては夢だったかもしれないと考えるようになるかもしれない。

元クラスメイトが死んだ。死人は生き返らない。

これが、海路の生きる世界のすべてだ。

数日後、再び連絡網が回ってきて、光一の「お別れの会」が三月二十二日に行われるとのことだった。

やっぱり今回も、三月二十二日なのだ。

そういえばと、海路がタイムリープした時、蓮が言っていたのを思い出す。

タイムリープのトリガーを引く、つまり花束を橋から投げるのは、毎回同じ日だと。

花束を投げるのが毎回、「お別れの会」の帰り道だとするなら、「お別れの会」はいつも三月二十二日だということになる。

光一が死ぬ日、死の状況は毎回コロコロ変わるのに、「お別れの会」だけは変わらないのだ。

(もしかして、そこが一つの区切りなのかな)

三月二十二日がゴールなのかもしれない。

この期限までのいずれかの日に、光一は死ぬ運命にある。期限を超えて生き延びれば、呪いは解けるのかも。

思いついて、蓮に教えなくては、と思った。でもすぐに、それくらいのこと、蓮が気づかないはずがないと考え直す。

それに、この推測が必ずしも正しいとは限らない。確認しようがないのだ。タイムリープしたこと自体、どうにも説明のつかないことなのだから。

海路は卒業式の日の、蓮の表情を思い出した。

海路はここがゴールだと勝手に思い込んで喜んでいたが、蓮は少しも浮かれていなかった。

あれは、あの日がゴールではないと気づいていたからではないだろうか。

卒業式の日、まだ光一にかかった呪いは解けていなかった。

リミットはたぶん、三月二十二日。その日を超えるまで、光一の呪いは解けない。逆に、その日を超えて生き延びることができれば、光一の呪いは解ける。

ただこれも、結局のところ当て推量でしかなかった。真実はわからない。

(でももし、違ったら?)

あることを考え付いて、ゾッとした。

もし、ゴールなんてなかったら?　呪いのようだと海路は思ったけれど、呪いではなくて運命なのだとしたら。

光一は何をどうしたって死ぬ運命にある、ということになる。

蓮は光一を死なせないために、三月二十二日を超えても光一を守り続けなくてはならない。

それこそ一生……光一が天寿を全うするまで。

途中で死んだら、また高校生からやり直しだ。

(それって、大変すぎない?)

海路だったら、いくら好きな人のためだと言っても、耐えられない。

どうしよう。このことを、蓮に伝えるべきだろうか。蓮はこの可能性に気づいてタイムリープを繰り返しているのか、それとも気づいていないのか。

もし気づいていないのなら、ここで海路が伝えておくべきだ。

(でも、何て言おう)

光一はどうやっても助からないかもしれないとか、だから、もうタイムリープはやめた方がいいよ、なんてことは言えない。

結局こうして、かけるべき言葉が見つからず、いつも蓮に伝えるのを諦めてしまうのだが、今回は伝えたほうがいい気がした。

蓮は三月二十二日にまた、時間を遡ってしまうだろう。海路とタイムリーパーの蓮とは、そこでお別れになる。永遠に。伝えるなら、その前しかなかった。

でもやっぱり、何と言えばいいのかわからず、時間だけが過ぎていく。

慌ただしく一週間が過ぎて、海路にとって二度目の三月二十二日がやってきた。

二度目の「お別れの会」も、一度目とほとんど同じだった。

セレモニーホールは参列者でいっぱいだったし、光一の母はやつれて今にもくずおれそうに見えた。

蓮はホールの端にひっそりといる。海路も、前回と同様にパソコン研究会の友人たちと参列した。

一度目と違ったのは、海路が「お別れの会」を終えてすぐ友人たちと別れ、ホールから立ち去ろうとしている蓮に近づいたことだ。

「小宮山君、小宮山君！　あのっ、伝えたいことがあるんだ」

大きな声で呼び止める。強引に引き留めないと、蓮は海路の話なんか聞いてくれないと思ったのだ。

振り向いても、冷たい表情が待っているのだと思っていた。今まで、タイムリープに関わろうとすると必ず、冷ややかにあしらわれていたので。

でも意外なことに、振り返った蓮の目は冷ややかではなかった。

「大声出さなくても、聞こえてる」

呆れたような、表情と声だった。

海路はそれにドキッとする。どこかで見たことがあると思ったが、蓮が時々、目元を和ませて微笑む、あの表情に似ているのだった。

「伝えたいことって、何？」

と、尋ねた口調は素っ気なかったけれど、声は柔らかかった。

どう伝えたものか、この期に及んで迷っていたら、「歩こうか」と、促された。二人で隣駅の方角へ向かって歩き出す。

「……お前とも、これが最後だな」

まるで名残を惜しむように言うから、海路は驚いた。

「邪魔者がいなくなって、せいせいしてるんじゃないの」

つい、正直に言ってしまった。蓮はクスッと笑う。目元が和んだ。

「まあな。その辺をチョロチョロされる心配がなくなって、ストレスが減る」

笑いを含んだ声で言うから、たぶん冗談なんだろう。海路は笑えない。

「ひどいよ」

ムッとして相手を睨むと、蓮はやっぱり笑いながら、「ごめん」と素直に謝った。

「それで、伝えたいことって？」

セレモニーホールから遠ざかり、参列者らしき人たちの姿が見えなくなったところで、蓮は立ち止まった。

「えっと、光一君のこと。残念だったけど。また、戻るんでしょ」

「ああ。五回目のタイムリープ、六度目の高校三年生だ。うんざりするけど、頑張るよ」

頑張る、と言って微笑む蓮の表情が、なぜか海路の目には儚く悲しげに映った。

「光一君が助かるまで？　それまで、ずっと繰り返すの？」

「……そうだな」

「あの、俺、考えたんだ。光一君の呪いのこと」

「呪い？」

蓮が軽く小首を傾げる。それから、額に零れ落ちる前髪をかき上げた。いつの間にか、ずいぶん髪が伸びていた。受験シーズンはほとんど会っていないから、気づかなかった。

「あ、えっと、勝手に呪いって呼んでたんだ。ごめん。でも、まるで呪いみたいだって思ったんだ。小宮山君が何回やり直しても、どんな状況でも死んじゃうから……ごめん」

髪をかき上げた姿勢のまま、蓮の表情が険しくなったので、海路は慌てて謝った。不謹慎と思われたかもしれない。

でも蓮は、「いや」と小さく海路の謝罪を遮り、「それで？」と、冷静に先を促した。

海路は大きく深呼吸をして、自分を落ち着かせた。蓮の言うとおり、彼と話せるのはこれが最後だ。海路が気づいたことを、きちんと伝えなくては。

「俺がタイムリープした時、小宮山君がカラオケ店で説明してくれたよね。あの時、トリガーを引くのは毎回同じ日だって言ってた。あの時はスルーしちゃったけど、光一君が今回も亡くなってから、考えたんだ。三月二十二日がゴールなのかなって」

海路は蓮に、自分の推測を伝えた。三月二十二日を過ぎれば、光一の呪いは解けるのではないかと考えたこと。でもそれからすぐに、別の可能性もあると気づいたこと。

もし、光一の死が絶対に避けられない運命にあるのだとしたら。

「四回もやり直して、五回目に挑戦しようとしてるのに、気を削ぐようなこと言ってごめん。でも、小宮山君と話すのはこれが最後だから。小宮山君にどうしても伝えておかなきゃって

……それで」

「蓮でいいよ」

ぽん、と言葉が下りて来た。

必死に言葉を探して言い募る間、海路はいつの間にかうつむいて地面を見ていた。蓮の反応を見るのが怖かったからだ。

でも、不意に柔らかな声がして、思わず顔を上げた。蓮は柔らかい表情で、海路を見下ろしていた。

「小宮山って、言いにくいんだろ。いつもつっかえそうになってる」

「あ、ご、ごめん。俺、活舌悪いから」

「だから、蓮でいい。呼び捨てで」

「呼び捨てっ……。え、そんなっ。……じゃなくて、俺の話、聞いてた？」

好きな人から、名前を呼び捨てでいいよ、なんて言われて一瞬、浮かれかけた。しかし突然、話題と関係のないことを言われて話を中断させられ、はぐらかされた気分になる。

「聞いてた。絶対解けない呪いかもしれない、って言うんだろ。俺も同じことを考えたよ」

「それでもやり直すの？」

光一を救うまで。海路の言葉に、蓮は微笑みをたたえて小さくうなずいた。

「そんなに、光一君が好きなの？　いや、好きなのはわかってるけど。でも、いくら好きだからって……」

最後の言葉を呑み込んだのは、言いにくかったからではない。蓮が不意に、海路の頭に手を乗せたからだ。

くしゃりと癖っ毛をかき交ぜられ、変な声が出そうになった。見上げると、蓮は笑みを深くした。

それが少し、悲しそうに見えた。

「わかってる。たぶん俺の脳みそ、この小さい頭に入ってるのより、デカいから」

「そんなに小さくないし、関係ないでしょ」

海路は蓮を睨み、抵抗しようとしたけれど、蓮は面白がって海路の髪をさらにかき交ぜた。

「一年間、ありがとうな。できたら、タイムリープのことは忘れてくれ」

「無理だよ」

即答すると、蓮は笑った。温かな手が離れる。

「じゃあ、タイムリープした後の俺がどうなるのか、確認してみてくれよ」

ずっと気になっていたんだ、と蓮は言った。

「俺の精神が一年前に戻った後、この時間の俺の身体はどうなるのか」

確かに、それは気になる。海路はうなずいた。

「わかった。見ておく」

一緒に橋まで行って、見届けろという意味だと思った。でも、再び歩き出した蓮に付いて行こうとすると、止められた。

「念のためだが、俺がタイムリープする瞬間は離れておいたほうがいいと思うんだ。同じ空間にいることで、また巻き込まれるかもしれない。『同じ空間』って、定義は曖昧だけどな」

「じゃあ、ここでお別れってこと？」

「そうだな。この時間軸の俺がどうなるのかは、後日、確認してくれ」

優しい声音と表情は、寂しそうにも見えた。海路との別れを、少しは惜しんでくれているのか。

「それじゃあな」

踵を返し、蓮はあの橋へ向かう。本当に、もうこれで最後だ。

「れ、蓮！」

勇気を振り絞って、海路は蓮を呼び止めた。

「きっと、次は成功するよ。光一君が生き延びて、それで、大学生になっても社会人になっても、蓮と一緒にいる。光一君は医者になって、蓮は……蓮も、自分のやりたい仕事に就いて、さ。二人で、それぞれの人生を歩んでる」

そうであってくれと、祈るように声を張り上げた。

祈るように、ではない。切実に祈った。祈って願う以外、海路にできることはもう何もないから。

振り返った蓮は、海路の言葉に驚いたように目を瞠った。

「蓮がこの世界を離れても、俺、ずっと祈ってる。蓮が無事に光一君を救って、蓮が蓮の人生を進んで行けるように」

最後だと思って、必死に自分の気持ちを伝えた。これからまた、蓮は残酷な運命と孤独に戦わなければならない。海路はそれに付いていけない。

今回も別に何もしなかったたし、ただのモブで役立たずだ。でも、タイムリープに巻き込まれて、この残酷な世界の一端を覗いた。

だから他の人より少しは、蓮の気持ちがわかるつもりだった。

心だけは、蓮に寄り添っている。孤独じゃない。蓮がどこかのタイムリープで海路の存在を思い出した時、ほんの少しでも支えになれたらいい。そうなれますように。

あらゆる気持ちと祈りを込めて、海路は言った。

しかし、目を見開いてこちらを凝視していた蓮が、不意にくるりと背を向けたので、失敗したと思った。

今のは、無責任な言い方だったかもしれない。成功する保証なんてないのに、あまりにも楽観的な物言いだったと後悔する。

「ごめ……」

「──ありがとう」

背を向けたまま、蓮が言った。小さな声だけど、確かに聞こえた。

ちらりとこちらを振り返ったその表情は、泣き出しそうに歪んでいた気がする。

でもそれも一瞬のことで、見間違いだったかもしれない。もう一度、首だけ捻ってこちらを向いた時には、いつもの無表情に戻っていた。

「そうだな。きっと次は成功する」

「うん。絶対。……でも、次はって言うのは、言いすぎたかも。でもいつか成功すると思う。光一君の呪いは解ける。これは絶対、自信がある」

それでも蓮の佇まいがどこか、背を向ける前よりも頼りなげで儚げに見えて、海路は力を込めて言った。

蓮はそれに少し眩しそうに、目を細める。

「お前の自信か。あまり当てにならないな」

彼の口から軽口が出て、内心でホッとした。「ひどいよ」と、唇を尖らせる。

「でもほんとに、呪いは解けるよ。俺、ずっと祈ってる。祈りまくって願いまくってるから」

蓮はそこで軽く目を瞠った後、思わず、というように笑いを漏らした。

「祈りまくるのか」

「そうだよ。期待してて!」

やけくそになって胸を張った。蓮は「何に期待すんだよ」とツッコミながら、なおも笑う。

そうすると、ムスッとして冷たい蓮は去り、以前の明るかった彼のように見えた。以前よりは大人っぽいけど。

明るくても暗くても、蓮は蓮なのだ。

「ありがとう」

そう言った蓮の表情から、儚さが少し消えていて、海路はホッとした。

「じゃあな」

今度こそ、蓮は踵を返す。海路も呼び止めなかった。

しばらく蓮の背中を見送ってから、自分も蓮とは反対の方角へ歩き出す。それから、ひっそりつぶやいた。

「元気で」

次こそは、光一が生き残りますように。海路が考えなしに言ったとおりに、蓮と二人、大学に入っても社会人になっても、仲良くいられますように。

もしもこの願いが叶うなら、自分はもうこれから一生、彼氏ができなくてもいい。

本当に、心の底から祈った。

セレモニーホールの最寄り駅に着くと、まだ大勢の参列客が駅のホームに溜まっていた。

私鉄の小さな駅で、改札手前の踏切に立つと、上下線のホームが一望できた。土曜日の昼下がり、ホームの利用客はそれほど多くはなく、喪服姿の人々が余計に目についた。

「お別れの会」の最中は、涙を流したり沈痛な面持ちだった人たちも、今は知り合い同士で普通に話しているし、時には笑ったりもしていた。

当たり前だ。家族とか、故人に特別な想いを寄せている人ならともかく、参列客のほとんどはただの友人知人に過ぎない。

海路だって前回、タイムリープをする前は、彼らと一緒だった。

今も、ただの「元クラスメイト」という、故人との関係の希薄さは変わらない。

でも、どうしてか自分のいる場所と、彼らの立っている場所とに大きな隔たりがあるように感じられた。

光一の死を、彼らほど他人事として処理できない。たぶん、この先も。

大学生になっても社会人になっても、自分は光一の死を引きずるだろう。蓮はまだループの中にいるのかと気を揉み続けるのだ。

もどかしい。胸が切ない。

不意に泣き出してしまいそうで、なかなか改札をくぐって電車に乗ることができなかった。

目の前で踏切の警報音が鳴り始め、海路はぼんやりとその場に立ち尽くし、線路の向こうから駅に向かってやってくる電車を眺めていた。

電車は踏切の手前から減速し、ホームに入っていく。

流れていく車窓を見ていたら視界がぼやけた。瞬きをすると、涙が一筋頰を伝った。

その時、

「海路、今日のお昼ごはん、何にするー？」

その時、唐突に母親の声が聞こえたので、海路はびっくりした。

目を開けて、思わず「は？」という声が漏れる。

自宅の、自分の部屋だった。海路は自分のベッドの上に寝ていた。

「はっ？　え……ええっ？」

目と顔を拭（ぬぐ）った。たった今、涙が伝ったはずの頬は乾いている。

「海路、寝てるの？　開けるわよー？」

先ほどより近くで母の声がして、ほとんど同時に部屋のドアが開いた。ひょっこりと母が顔を覗かせる。

それが、海路の二度目のタイムリープだった。


【カイロ（友だちではないユーザーです）】

『お疲れ様です。鈴木（すずき）海路です』

『なんかまた、俺も戻ってきちゃったみたいなんだけど』

【蓮（友だちではないユーザーです）】

『前回のカラオケ店に八時半』

【カイロ（友だちではないユーザーです）】

『了解です』

三

夕飯の手巻き寿司は、ほとんど味がしなかった。食欲もない。

内心では焦っていたが、両親の前では平静を装い、イクラを巻いた寿司を頑張って口に詰め込んだ。

八時過ぎ、前回のタイムリープの時にも入った、駅前のカラオケ店へ向かう。

予定の時間よりだいぶ前に着いたが、すでに蓮が受付を済ませて奥の部屋にいた。

「こんばんは……」

部屋のドアを開け、海路は恐る恐る中へ声をかける。

蓮は薄暗い部屋の中、ぼんやり座っていた。海路の声に、ゆっくり顔を上げる。何かを確認するように、じっとこちらを見た。

「あの、蓮。俺……」

蓮、と海路が呼んだ瞬間、相手は目を伏せた。絶望したようにも見え、自分の手足の先から血の気が失せていくのを海路は感じる。

海路が蓮を名前で呼んだのは、タイムリープ直前の記憶があるからだ。蓮は心の中で、海路が今回のタイムリープに巻き込まれていないことを願っていたのだろう。

「飲み物、持ってくる。蓮は？」

「あるから、いい」

言って蓮は、緑色の液体が入ったグラスをかかげた。メロンソーダだ。もしかして、前回飲んだのがきっかけで、メロンソーダが気に入ったのかもしれない。

そんな、どうでもいいことを考えていないと、頭がどうにかなりそうだった。

ドリンクバーでジンジャエールを注ぎ、部屋に戻る。蓮は変わらない姿勢でソファに座っている。

「念のために聞くが、俺を追いかけて、橋まで来たりしてないよな」

向かいに座りながら、海路は首を横に振った。

「蓮と別れた後、セレモニーホールの最寄り駅から電車に乗ろうとしてた。改札前の踏切で立ってたら、急に自分の部屋に移動してたんだ」

蓮はため息混じりに「なるほど」と、つぶやく。それから、メロンソーダを飲んだ。

「どういうことなんだろう。前回のタイムリープの時は、俺が蓮にくっついてたから巻き込まれたんだよね。それだと理屈として納得できるけど、今回はどうしてなのかな」

「俺にもわからない」

素っ気ない口調で、蓮は言う。さっき、と言ってももう半日前だが、タイムリープ前の別れ際に見せた、優しい態度は鳴りを潜めてしまった。

「そもそもが、理屈の通じる現象じゃないしな。けど状況からして、俺とお前が紐づけられてしまったんだろう。俺がトリガーを引けば、俺とお前の時間が巻き戻る。お前がトリガーを引いても同じことが起こるのかもしれないが」

「それじゃあ、これから先も、蓮がタイムリープするたびに俺の時間も巻き戻るんだ」

「その可能性が高いな。今回だけ特例というのは、考えにくい」

蓮に確認する前からわかっていたことだけど、ショックだった。

望むと望まざるとにかかわらず、海路はこれから蓮のタイムリープに付き合わなければならないのだ。

光一が生き延びるまで。あるいは、蓮が光一の救出を諦めるまで。

どうしよう、と口にしかけてやめた。蓮に聞いてもわからないのだ。彼もこの状況に困惑している。

「あのさ。今度は、俺も協力するよ」

できる限り明るい声を出して、海路は言った。

「俺にも、光一君を守らせてほしい」

蓮はそれに、鈍い動きで顔を上げる。いかにも鬱陶しそうな、渋い表情をしていた。

「守る？」

うん、と海路はうなずく。蓮に剣呑（けんのん）な顔をされると、ちょっと怖い。

以前のように、彼に嫌われたらどうしようと怯（おび）えているわけではない。ただ単に、蓮の険しい表情には迫力があるのだ。

「光一君を、事故から守る。事故に遭わないように気をつけて」

「やめてくれ」

苛立（いらだ）たしげに吐き捨ててから、自分で自分の言葉にハッとしたようだった。

蓮は目を逸（そ）らし、気まずそうに口をつぐんだ。前髪を無造作にかき上げようとして、そこに前髪がないことに気づく。手の平でくしゃりと自分の頭をかき交ぜた。

「お前、運動神経ないだろう。俺ならともかく、お前の場合、光一と一緒に事故に遭うのがオチだ」

確かに自分は、蓮に比べて運動神経は劣る。動きも機敏とは言えない。でも、そんな言い方しなくてもいいのに、と思う。

「じゃあ、どうするの。俺、やだよ。これからずっと傍観者のままなの。何もできなくて、ただずるずる蓮に引っ張られてタイムリープを繰り返すなんて」

「元はと言えば、お前が俺を突き落としたのが原因だろ」

「突き落としてない、助けようとしたの！」

気が昂って、涙が出た。蓮がこちらを見ていて、慌てて目を拭ったけれど、うんざりしたため息をつかれてしまった。

「なんでそこで泣くんだよ。男……」

「男だろとか、男のくせにとか、言わないでね。男だって涙くらい出るよ」

涙声のまま、海路は抗議した。海路がいつになく強気なので驚いたのだろう。蓮は言葉に詰まり、何も言わずにため息をついた。

それから、ソファの背に身を預け、メロンソーダを飲む。海路もジンジャエールを飲んだ。

「……三月二十二日がゴールだと、俺は考えてる」

疲れた声で、蓮が言った。海路はハッとして顔を上げる。

蓮はメロンソーダのグラスを見つめたまま、言葉を続けた。

「お前が別れ際に言ったとおり、光一の『お別れの会』は、いつも三月二十二日だ。俺は、この日がキーだと思ってる。光一はいつもこの日が来る前に死ぬ。逆にこの日を過ぎるまで生きていられれば、死の危険は去る」

言葉を切って、ちらりと海路を見る。同意を求めているのだと思い、海路は力強くうなずいた。あれほど海路が関わるのを渋っていた蓮が、仲間に入れてくれようとしているのだ。

「まあ、希望的観測かもしれないけどな」

「それでも、希望的観測でも、希望があるだけましだよ。そうでないと、つらいだけだもん」

海路が力んで言うと、蓮は口をつぐんでまじまじとこちらを見つめた。

「な、なに？」

「……いや。能天気だなと思って」

「ひどい。俺だって困って焦って、パニクってるのに」

呆れた声で言われたので、抗議をした。蓮はふっと息を吐く。笑ったらしい。

「まあいいさ。協力してくれるんだろ」

「うん」

海路は力いっぱいうなずく。蓮が受け入れてくれたのだと思った。

それだけで、未来に希望が見えた気がした。前回は何もさせてもらえず、ただ同じ時間を繰り返すだけの毎日が苦痛だったのだ。

「じゃあここからは、具体的な計画を話し合おう」

蓮の言葉に、海路は居住まいを正す。こんな時に不謹慎かもしれないが、ちょっとわくわくもした。

しかし、蓮からもたらされた「具体的な計画」は、決して愉快な内容ではなかった。

ゴールデンウィークが明けて六月に入るまでの約一か月間、海路の生活は前回と何ら変わりがなかった。

つまり、今回も一クラスメイトとして、光一と蓮を遠目に見ているしかなかったのである。

「俺と協力して光一の見守りをするなら、学校で一緒に行動した方がいい。けどお前、騒がしいの苦手だろ」

カラオケ店で、蓮に言われた。

ゴールデンウィークが明けてしばらくの間は、蓮たちと距離を取っていること。

理由は、その頃にはまだ、蓮の周りに取り巻きグループがいるからだ。前回の海路は、果敢にも彼らの包囲を潜り抜け光一に近づこうとして、玉砕した。「何か用？」とか言われたのだ。

たぶん、あの時のことを蓮も覚えていたのだろう。

「六月に入ったら、俺と一緒に行動してた奴らも、俺の態度に白けてバラバラになる。その後で、俺とお前と光一がつるめばいい」

どうせ従来のグループは瓦解するから、それ以降に海路が新たに仲間に入ればいい、というのだ。

なるほど、それは理にかなっているように思えた。海路もそこは納得した。

「光一との距離が縮まったら、学校にいる間はお前が見守りをしてくれればいい。学外では俺が見張りを担当する。登下校もだ」

「え、行き帰りも一緒にいようよ」

それだとあまり、意味がないではないか。これまでの事故を見ても、光一は学校の外で亡くなっている。

学外でこそ、二人態勢で見守りをしたほうがいいのではないか。海路は反論したけれど、聞き入れてもらえなかった。

「言っただろ。お前の場合、巻き込まれて一緒に死にそうだって。それに、学校で光一の側にいるのは、俺よりお前みたいなタイプのほうが合ってるんだ。あいつ、俺や俺の友達みたいに騒がしいタイプは苦手なんだよ」

従来、光一は自身と同じ物静かなタイプの友人を好むそうだ。

「留年して、俺が強引に同じグループに入れたから、あいつは卒業近くまでずっと、窮屈そうにしてたな」

それはたぶん、蓮がタイムリープをする以前、ゼロ回目のことを言っているのだろう。

ゼロ回目の世界で、蓮は光一が亡くなるその時まで、太陽みたいに明るいみんなの人気者だったに違いない。

ならば、三年の初めに蓮の周りにクラスメイトが集まってできたグループは、三学期まで瓦解することはなかったはずだ。光一も、高校生活の終わりに事故で亡くなるまで、蓮と蓮のグループに所属していただろう。

「俺のことも、本当は苦手なんだよ。幼馴染みだから友達でいられるけど、高校からだったら絶対に仲良くならないタイプだろうな」

蓮は苦笑いする。光一が蓮を苦手にしているようには見えなかった。

でもそのことを、光一のことをよく知りもしない海路が言っても、説得力がない。「そうかな」と、曖昧に不同意を表明するしかなかった。

「そうなんだよ。だから、学校ではお前が付いていてほしい。六月になって、俺の周りから人がいなくなったら、お前を呼ぶ。それまでは今までどおりで頼む」

とりあえずうなずいたけれど、丸め込まれたような気がしなくもなかった。

それでも、何もさせてもらえなかった前回のタイムリープとは違い、海路も役割を与えてもらえたのだ。よしとしよう。

自分に言い聞かせ、五月を過ごした。

六月になると、前回や前々回と同様に、蓮の周りに集まっていたクラスメイトたちはばらけていった。

蓮の態度が、あまりにも素っ気ないからだ。暗いし、ほっといてくれオーラが強い。そのくせ、光一にはべったり構っている。

みんな白けて離れていってしまうのである。前回までは、そんな周囲の反応などものともせず、蓮は光一と二人の世界を構築していた。でも今回は違う。

それは六月の、もう後半に差し掛かろうという頃だった。

蓮の取り巻きたちが去り、蓮が光一と二人きりで昼休みを過ごすのを見かけるようになって、一週間ほどが過ぎた頃だった。

「海路、こっち」

昼休みの始まりと同時に、窓際の席にいた蓮に、手招きされた。

クラスメイトの視線が一斉に自分に突き刺さり、海路はヒヤリとする。

蓮からは前日、メッセージアプリで『明日の昼メシ、一緒でもいいか?』と誘われていた。

ゴールデンウィークからこっち、海路は蓮にいつまでも声をかけてもらえず、ジリジリしていたから、ようやくこの時がきたのだと嬉(うれ)しかった。

でもいざ現実になると、及び腰になってしまう。

「あ、う、うん」

蓮の誘いに、ギクシャクしながら弁当を持って近づいた。

海路が窓辺に辿(たど)り着く間に、蓮は光一に簡単な説明をしていた。

「今日から、海路も一緒でいいか? クラスでぼっちで、昼休みのたびにF組まで行ってるって言うから」

海路は、かあっと顔が熱くなるのを感じた。F組の友達と昼ご飯を食べていることは、蓮にも話していた。

でもだからって、クラスでぼっちだとか、そんなことをわざわざ、声に出して言わなくてもいいと思うのだ。まあ、クラスでぼっちなのは確かだけど。

「嘘だよ。蓮が、どうしても一緒に食べてくれって言ったんだよ。二人ぼっちで寂しいから」

海路が言い返すと、蓮も光一もびっくりしていた。陰キャが蓮に言い返すとは、思っていなかったのだろう。

「お前、冗談も言えたんだな」

蓮は余裕たっぷりで、薄笑いを浮かべて返した。光一は、蓮と海路の事情がわからず不思議そうにしたものの、あえて言及せず、にこっと微笑みを浮かべた。

「僕は構わないよ。三年になると、自分のクラスでごはん食べない人も多いよね。前の三年のクラスもそうだったな」

フォローまでしてくれる。隣の空いている椅子を寄せて、海路の席を作ってくれたりもした。やっぱり光一はいい人だ。

「前も思ったけど、光一君て優しいね。蓮と大違いだ」

席に着いて弁当を広げながら、思わず海路は言った。はす向かいで蓮がすかさず「おい」とつっこみ、光一がそれを見てふふっと笑った。

「二人とも、いつの間に仲良くなったの？」

「えっと、仲良く、はないけど」

「ゴールデンウィーク中に、ちょっとな」

「ゴールデンウィーク？　最終日にうちに来た時は、何も言ってなかったのに」

前回もそうだった。毎回、タイムリープをした直後、蓮は光一の家に行くのが習わしらしい。

光一が生存しているか、確認のためだろう。海路も前回はそうだった。光一が本当に生きているのか、不安だった。

「言うほどのことでもないからな。こいつのことなんて」

「ひどい」

蓮と海路のやり取りに、また光一が笑う。

それから海路は頑張って、ぎこちないながらも自分から二人に話題を振ったりした。慣れないことをしたので、昼休みが終わるとぐったりしてしまったけれど、それ以上に達成感のようなものがあった。

これからだ。今日ここから、自分もようやく光一を救う使命に関わることができる。モブから脱却できるのだ。

そんな気持ちがあった。蓮と光一という、スクールカーストトップのグループに入れた、という高揚が、一番大きかったかもしれない。

何しろこれまでの、タイムリープも含めた人生の中で、カーストトップの同級生と仲良くなるなんて、初めてのことだ。

最初のタイムリープが鬱々としたものだったこともあって、ちょっと浮かれた。

でも、それも最初の数日だけだった。

海路には、二人と共通の話題が何もない。対して蓮と光一は幼馴染みで、昼休みの話題は自然と、海路にはわからない、二人共通の話題が多くなっていった。

「そういえばこないだ、マリに会ったよ。光一から連絡がぜんぜん来ないって、ぼやいてた」

「マリって、オノマリ？　そうだ。新学期になったら、状況報告するって約束したんだ」

「連絡してやれよ。薄情だな。同じクラスだったたんだろ」

「だからだよ。社交辞令だと思ったんだ。僕だけ留年するから。あ、オノマリって、僕の元クラスメイト。前の三年生の。小学校が一緒で、蓮とも幼馴染みなんだよ」

海路が話題に入れずにいると、光一が補足してくれる。海路にもわかるような話題を振ってくれたりもした。

海路自身は、気にしていない素振りをしていたつもりだったが、疎外感が表に出ていたのかもしれない。

光一の優しさを再認識するのと同時に、蓮の冷たさを恨めしく思ったりもした。同じ使命を持つ仲間なんだから、もう少し気を遣ってくれてもいいのに、と。

そんなふうに、他人ばかりあてにする自分に、自己嫌悪を覚えることもあった。話題に入れないなら、入れるような話を自分から振ればいいのだ。

己のコミュニケーション能力の低さに、つくづく落ち込んだ。

海路がそんなふうだから、三人で昼ご飯を食べるようになっても、蓮や光一とはあまり、距離が縮まらなかった。

それに、学内では光一と一緒にいてやってくれ、と蓮は言っていたけれど、光一と一緒にいるのは昼休みと、移動授業の短い時間だけだ。大抵、蓮と三人で行動して、光一と二人きりになることもない。

登下校は、海路がバス通学で蓮と光一は電車なので、どのみち学校を出てすぐに別れなければならない。

海路が遠回りして、電車通学に切り替えることもできるが、蓮に迷惑がられるのは目に見えていた。

蓮が、海路の協力を承諾したのは建前で、今回も変わらず、海路に深くかかわらせるつもりはないのかもしれない。

（なんて、僻（ひが）みっぽいかな）

光一と連れ立って下校する蓮の姿を見送りながら、拗（す）ねている自分を愚かしく思う。

海路にとって二度目のタイムリープ、三回目の一学期が過ぎようとしていた。

学校の昼休みの過ごし方は以前と変わったが、夏休みは今回も変わらなかった。

塾の夏期講習に通い、友達と遊んで、ちょこっとアルバイトをする。

海路もいちおう、一学期が終わる前に、蓮と光一に夏休みの予定など聞いてみたのだ。

「受験勉強だろ。俺たち受験生だぜ」

にべもない答えが、蓮から返って来た。光一もおっとりうなずく。

「夏休みは受験の天王山だって言うからね。僕は医学部志望だし、毎日勉強かな。塾で勉強するか、家で勉強するか」

「大変なんだね」

医学部入試は、というつもりで言ったのだが、蓮から、

「他人事みたいに言うな。お前も受験生だろ」

と、言われてしまった。それで、夏休みの話題は終わってしまった。

とりあえず光一は、家族旅行のような行事はなさそうだ。あったら蓮が警戒しているだろう。

でもやっぱり、何か行事があったとしても、海路が応援に呼ばれることはないのだろう。

(俺、僻みっぽいのかな)

夏休みに入り、前回と変わらない予定に鬱々として、海路は思う。

でも蓮の言動は、どうしても海路を除外しようとしているように感じられてならないのだ。

蓮は、光一救出作戦に、海路を関わらせまいとしている。

（……何のために？）

ふと、疑問に思った。

これが海路の僻みではなく、本当に蓮が海路を除外しようとしているのだとして、蓮はなぜそこまで、海路を関わらせまいとするのだろう。

（一度目の時からだもんな）

海路がタイムリープしたと判明した時、蓮は最悪の事態が起こったと言わんばかりだった。海路にろくに説明をすることなく、関わるなと言った。迷惑だとさえ明言したのだ。周りをウロウロされると困る、みたいなことを言われたのだったか。光一の周りには絶えず死の危険があるから、海路も巻き込まれる恐れがある、とも言っていた。

のっけからあまりにも邪険にされたので、海路もその事実だけを受けとめて、素直に従ってしまった。なぜ、という部分について考えることをしなかった。

なぜ、蓮はそこまで頑（かたく）なに、海路を関わらせまいとするのか。

同じタイムリーパーなのに。

同じタイムリーパーだから？

蓮は光一のことを好きなので、二人きりの世界に海路が割り込んでくるのが嫌なのかなと、漠然と思っていた。

でも、本当にそうだろうか。

光一と自分だけの世界、なんてことを蓮が考えていたとすれば、とんだ執着攻めだ。溺愛をとおり越して、ヤンデレである。はっきり言って病んでいる。まともじゃない。

光一の命を救うために時間を巻き戻しているのに、その目的そっちのけで、二人きりの時間、二人だけの世界を構築することに腐心しているのだから。

冷静に見て、蓮がそこまで常軌を逸した人間だとは思えなかった。

人の内面のことなんかわからない。でも一学期の後半、毎日三人で昼休みを過ごしてみて、間近で蓮と光一のやり取りを目にした上で、そう思う。

蓮は光一を大切にしている。絶えず、光一に気を配っている。

でもそれは、相手に執着しているというより、壊れやすく繊細な存在を気にかけている、という態度だった。

光一が立ち上がる時、あるいは席に着く時、蓮は光一の周りにある椅子や机に目をやる。

光一が転んだりしないか、何かのはずみに事故に遭わないか、心配しているのだろう。

蓮の光一を見る眼差し(まなざ)しが特別に熱っぽいとか、愁いを帯びているとか、そんなことを感じたことはなかった。

ただ、さりげなさを装っているけれど、蓮は光一の挙動を気にかけている、と気づいた程度だ。

蓮の態度も、何気ない眼差しも、冷静に見えた。感情が先に立っているようには思えない。海路がそこまで観察できるようになったのは、タイムリープが二度目だからだろう。前回や前々回では、そこまで気が回らなかった。

ともかくも蓮の頭は冷静で、だから好きな人との時間を邪魔されたくないから、という理由で海路を邪険にするとは思えない。

逆に海路が蓮の立場だったら、好きな人を救うために、同じタイムリーパーの協力を仰ぐはずだ。

光一の死に繋がる事故は、いつどこで起こるかわからない。本当に阻止したいなら、人手を増やして見守りにあたるべきだ。

だから海路は一番初めに協力を申し出たのである。それが普通の発想だ。普通はそうする。

なのになぜ、蓮は普通ではない行動をするのか。

光一の命を救うために時間を巻き戻しているというのに、矛盾している。

夏休みの間、たまにこのことを思い返して考えてみたけれど、やっぱり理由が思いつかなかった。

蓮に聞いてみなければ答えは出ないが、聞いたところで素直に答えてはくれないだろう。

「わかんないなあ」

前回とほぼ変わらない夏休みが、こうして過ぎていった。


海路は、夏休みに浮かんだ疑問を、二学期が始まる頃には忘れていた。

代わり映えのしない三度目の二学期が過ぎていく。

一つだけ、以前と変わったことがあった。それは文化祭の前日のことだ。

文化祭前日の昼休み、光一が文化祭の準備に残りたいと言い、蓮はそれに俺も付き合うと応え、一緒に弁当を食べていた海路も「じゃあ俺も」と、加わる流れになった。

準備を手伝う事実は変わらないが、そこに至る流れが少し変わった。

放課後、海路が文化祭委員から与えられた仕事は、過去の二度のそれとは内容が違っていた。

与えられたのは、光一と一緒に、薄手の色紙で花を作る花係である。

花係は他に何人もいるので、輪になっておしゃべりしながら楽しく作業ができる。前回まで海路がやっていた案内板作りは、女子生徒が頼まれていた。

ちょっと地味目の、クラスでは目立たないタイプの子だ。頼まれた子は、前回までの海路と同じく、一人で黙々と作業をしていた。

花係のクラスメイトが、キャッキャしながら楽しく作業をしている教室の隅で、床に這いつくばって作業をしている女の子が、不憫(ふびん)になった。

自分もこんなふうに見られていたのかなと思い、余計に悲しくなる。

床に這いつくばってと言うなら、看板を作っている蓮もそうなのだが、こちらは文化祭実行委員の二人も共同で作業をしている。孤独の度合いが違う。

（俺、本当にクラスでぼっちだったんだな）

別のクラスに仲のいい友達がいるので、あまり深刻に考えていなかったけれど、クラスメイトからすれば、ぼっちで根暗なザ・陰キャというふうに見られていたのかもしれない。

今回、なぜ変わったのかと言えば、一学期から蓮と光一と行動を共にするようになったからだろう。

たとえ仮初めの関係だろうと、端(はた)から見れば同じ仲良しグループだ。やはりスクールカーストは人の心の奥深くに根差しているのだ。

「ねえ、花係と代わってくれない？　俺、そっちやってみたい」

海路は花係をすぐに中断して、女の子に声をかけた。女の子は驚いて海路を見た後、ちょっと泣きそうな顔で笑った。

「ありがとう」

代わってと言ったのは海路なのに、お礼を言われてしまった。でもやっぱり、彼女も疎外感を覚えていたのだ。

「ううん、こちらこそ」

海路は別に、何の係でもよかった。文化祭の準備もこれが最後ではない。どうせ次のタイムリープでも、同じことをするのだ。

（って、繰り返す前提で考えてるな、俺）

次も時間を巻き戻すということは、光一が死んでしまうということだ。無意識にか、海路は今回も光一が死んでしまうと思っている。

こんなことではいけない。必ず光一の死を阻止するという、気概を持たなくては。

自分の考えをやましく感じ、ちらりと蓮を見た。蓮もこちらを見ていて、彼は軽く口角を上げてにやりとした。

なんで笑うんだろう、と考えて、さっきの女の子のことだと気づく。かっこつけてると思われたのかもしれない。

急に自分の行動が恥ずかしくなり、海路は蓮から視線をそらし、黙々と作業をした。

ホチキスの針は今回も途中で足りなくなり、海路が買ってくるよと手を挙げた。

「それじゃあ、悪いけどお願い。今の時期、購買は売り切れてるかもしれないけど」

「そしたら、近くのコンビニを回ってみるよ」

文化祭委員と、同じやりとりを繰り返す。でも今回は、他のクラスメイトが調子に乗って、買い出しを頼んでくることがなかった。

カースト制度の効果は絶大だ。今回は一人で買い物に行くんだな、と感慨深く思っていたら、看板を塗っていた蓮が立ち上がった。

「コンビニ行くなら、俺も行く。ついでにみんなの分の飲み物とか、作業しながら食べれそうなお菓子を買ってこようと思うんだけど」

クラスのみんなが、これに賛同の声を上げた。「気が利く」「さすが」と、拍手までする。文化祭委員も同意して、こうして今回も、海路と蓮との二人で買い出しに行くことになった。

「ありがと。よろしく」

と、光一がおっとり手を振った。海路もそれに手を振り返し、そういえば、と気づく。同じグループの蓮と海路が買い出しに出かけて、光一だけ置いて行くことになってしまった。そんな細かいこと、光一は気にしないかもしれない。でも海路が光一だったら、ほんの少し気にする。

光一は二学期になってもまだ足を引きずっていて、早く歩けない。卒業まで体育の授業は受けられないだろう、と本人が言っていた。買い出しに付いて行ったら遅くなるから、光一は付いて行きたくても我慢しているのかもしれない。

「今回は、付いてこなくてもよかったのに」

廊下を出て、海路はそっと蓮に言った。隣を歩く蓮は、じろりとこちらを見下ろす。

「迷惑だって?」

「そんなんじゃなくて。今回は俺が同じグループだから、蓮と俺が買い出しに行ったら、光一君がぼっち感を感じちゃうんじゃないかなって」

「なんだよ、ぼっち感て」

蓮はおかしそうに笑った。でも、海路が言わんとしていることは伝わったようだ。

「ああ、お前とか光一は、そういうの気にしそうだよな」

「大抵の人は気にするんだよ。蓮が鈍感なの」

海路は言い返しながら、自分もだいぶ蓮に慣れてきたなあと思う。以前だったら言えなかったような軽口も、今は自然と言えるようになった。

「お前に鈍感って言われるとはね。けど、光一なら大丈夫だろ。女子に囲まれて、嬉しそうにしてたから」

焼きもちだ、と海路は思った。もちろんこの場合、蓮の嫉妬(しっと)の対象は女子に囲まれる光一ではなく、光一に近づく女子たちである。

「やっかみじゃねえぞ」

言われて、内心を読まれた海路はドキッとした。ちらりと相手を窺(うかが)うと、蓮は軽く鼻を鳴らす。でも機嫌を損ねたわけではなく、どちらかというと、海路とのやり取りを楽しんでいるようだった。

やっかみじゃねえよ、と蓮は、もう一度繰り返す。

「毎回のこれは、俺の息抜きなんだよ」

「息抜き？」

そんなに看板づくりがつらいのだろうか。

「看板がつらいなら、花係にしてもらう？」

気遣いのつもりで言ったのだが、蓮は不可解そうに首をひねってから、いきなり噴き出した。

「お前……看板て……ウケる」

こちらはなぜ、蓮がそんなにウケているのかわからない。

「なんで笑うんだよ。つらいのかなって気を遣ったのに」

海路が睨むと蓮はなおも笑い、「そういうとこだよ」と笑いながら、海路の髪をくしゃりと交ぜた。

たまに、すごくたまにだけど、蓮はこうやって海路の頭を撫でることがある。犬にするみたいな手つきだし、ものすごく稀なので記憶の合間に埋もれがちだけど、こういう時の蓮の目は、柔らかくて優しいのだ。

蓮は特別な感情なんてないとわかっているのにドキドキしてしまい、海路はそれを振り切るためにわざと相手を睨んだ。

「頭撫でるとか、恋人同士とかじゃないとNGなんだからね」

失礼だよ、と指摘したら、蓮はもう二度と触ってくれないだろう。だからそんな言い回しになった。蓮に頭を撫でられるのが、照れ臭いけど嫌ではなかったのだ。

蓮は海路の発言に目を丸くし、また笑った。

「こんなところで告白とか、大胆だな」

「な、違う！」

海路が焦るほど、蓮は楽しいようだ。ひとしきり笑って、海路が恨みがましく睨んでいるのに気づくと、「悪かったって」と、おざなりに謝った。

そんなふうに騒いで喋り（しゃべ）ながら、コンビニまで行った。いつもの買い物をして、また同じ道を戻る。

「……影が長くなったな」

地面を見て、蓮がぽつりとつぶやく。海路も地面を見たが、影の長さなんて気にしたことがなかった。そう言われれば夏はもっと短かった気がする、という程度だ。

「十一月なのに暑くて、でも夏みたいに暑すぎなくて、いい天気だ。気候がいい」

なんだかジジ臭いな、と思ったが、口にはしなかった。

「毎日、光一のそばにいて、危険が近づかないか見張ってる。それが息苦しい」

淡々と蓮は言葉を続ける。海路は驚いて彼を見た。蓮は、意外か？　というように片眉を引き上げる。それからまた、道路に落ちる自身の影を見た。

「あいつのことが好きだった。……恋愛感情を抜きにしても、大事な相手だ。自分の命と交換しても、助けたいと思ってる。それでも、何度も繰り返していると……苦しい」

突然の蓮の吐露に、海路は言葉が出てこなかった。

蓮は光一が好き。だから、好きな人のためだから、どんなにつらいことでも頑張れると思っていた。

でもそんなことはない。海路だって蓮が好きだけど、彼のために何でもできるかと言われれば、何でもは無理だと思う。

蓮のタイムリープはこれで五回目だ。約五年間、光一を救う努力を続けてきた。それは、息苦しさを覚えるのにじゅうぶんな時間ではないだろうか。

何度やり直しても、光一は死んでしまう。

もう、タイムリープをやめたい。蓮がそう考えたとしても、何ら不思議ではない。

海路は何も言えなかった。

もうやめてもいいんじゃない、とは言えない。言ってあげたいけれど、そうしたら光一の死が確定してしまう。

その後に残る感情に気づいて、急に怖くなった。

ここでタイムリープをやめるということは、ただ光一の死が確定するだけではない。

運命を確定づけた責任を、負い続けるということだ。

ただ事故死を見届けただけなら、純粋に死者を悼(いた)むだけですんだ。

でも蓮は、やり直してしまった。幼馴染みで友人、好きな人を助けるために、何度も何度もやり直した。

崖から落ちた人の手を掴む、そんな状況によく似ている。引っ張り上げるには力が足りなくて、でも手を離したら相手は死んでしまう。

疲れて手を離してしまったら、自分はそのことで一生、罪悪感に苛まれるだろう。周りが責めなくても、仕方がなかったと慰めても、トラウマは消えない。この先も罪を背負って生きていく。

「蓮」

呼びかけたものの、今気づいた事実を口にする勇気がなかった。

「蓮。あのさ、蓮」

もうやめよう。蓮の苦しさや孤独を思うと、もうタイムリープをやめてほしい。でも、その後の蓮の気持ちを考えると、とても言えない。

「蓮、しんどかったね。今もしんどいね」

結局、そんな言葉しか出てこなかった。もどかしい。

泣きそうになって、海路は唇をかみしめてうつむく。いつの間にか立ち止まっていた。

蓮も足を止め、こちらにつま先を向けている。

「まったく、お前は……」

次に降ってきたのは、ちょっと呆れた、でも優しい声だった。

海路が顔を上げると、蓮は困ったように眉をハの字に下げて、薄い微苦笑を浮かべていた。

「そんな顔するなよ。行きに言っただろ、これは息抜きだって。毎回、この日は変わらない。光一が文化祭の準備に残りたいと言い出して、俺も付き合う。放課後教室に行くと、お前がいる。案内板係にさせられて、悲しそうに一人で黙々と作業をする。今回は違ったけどな」

海路がぼっちで悲しい顔を見るのが、息抜きなのだろうか。そんなことはないだろうが。

海路の胡乱な内心が透けて見えたのか、蓮はうっそり笑った。

「タイムリープのたびに毎回、文化祭の準備で居残って、そうすると必ずホチキスの針が足りなくなる」

「そして俺が駆り出される」

海路が引き継ぐと、蓮はうなずき、さらに付け加えた。

「クラスの奴らから買い物を頼まれてオタオタしてるお前を見て、俺もほっとけなくて付いていく。いつもだ」

「いつもかあ」

海路が知らない以前のタイムリープでも、海路はぼっちで使い走りだったわけだ。

「最初だけだな。俺がまだタイムリープをしたことがない、一番最初だけだ。ホチキスの針は足りていて、お前が途中で買いに行かされることもなかったのは」

「そんなことあるんだ。いつもちゃんと、ホチキスの針を用意しておいてくれればいいのに」

文化祭委員め、と、生真面目そうな委員二人の顔を思い浮かべる。真面目でしっかりしているけど、自分たちで買い物に行かないで海路に押し付ける辺り、ちゃっかりもしている。

「バタフライ効果ってやつだろうな。タイムリープをして、未来を知っている俺は二度目以降、最初とは少しずつ違う行動を取っている」

「バタフライ効果……」

聞いたことがある。風が吹けば桶屋（おけや）が儲（もう）かる、というやつか。

「タイムリープをするようになってからは、毎回だ。毎回、俺はお前に付いていく。光一と離れて、今だけはあいつの生死のことは考えない。離れてる間に、ひょっとしたら事故が起こる可能性はあるが、そのことも考えない」

「……それが、息抜き？」

海路はちょっとぽかんとした。

「そう。ずっと心配し続けてたら、さすがに神経がもたないからな」

一年のうちの、たった一度だけの息抜き。それ以外は、常に張り詰めているということだ。なんて息苦しい生活だろう。

「それに、隣にいるお前は影が薄くて、変に自己主張してこないし、たまにおかしなことを言って笑わしてくれるから、息抜きにちょうどいい」

「ぜんぜん嬉しくない」

影が薄いとか、散々な言い方だ。言い返すと、蓮は笑った。

学校が近づいてきて、二人は口をつぐむ。

自分といる時間は、蓮が少しでもホッとできるのだと聞いて、海路は嬉しかった。

同時に、蓮の背負ってしまったものの重みを思い出し、悲しくもなる。

二人はそれから教室に戻るまで、お互いに黙ったままだった。

穏やかで優しく、そして寂しいひと時だった。


蓮は、重すぎる運命を背負っている。

そのうち心が参ってしまうのではないか。それくらい、蓮が背負っているものは重い。

自分なら、その荷物を分かち合えると、海路は思っている。自分こそは、と。

海路がもっと光一のそばにいる時間を増やせば、蓮は年に一度なんて言わずに、もっと息抜きができるのに。

でも蓮は、海路を手伝わせてはくれない。

十一月十五日の強風の日が無事に過ぎ、年が明けても、蓮は海路に連絡一つ寄越さなかった。

冬休みに入る直前、どうにか蓮と光一の住所を聞き出し、二人に年賀状を書いた。光一からは年賀状が返って来たけれど、蓮からは何も返事がなかった。

仕方なく、メッセージアプリで連絡を取り、手伝いを申し出たが、相変わらず「必要ない」とにべもなかった。

「お前はお前の受験勉強をしろ」

そして、今回も光一は死んでしまった。

今度は一月、センター試験の日に事故に遭った。

光一が試験会場だった大学の構内を歩いている途中、構内を走行していた自転車とぶつかり、転倒して頭を強打、病院搬送後に亡くなったのだとか。

今回は連絡網が回ってくる前に、蓮が連絡してきた。タイムリープの運命共同体として、いちおう最低限の報告はしてくれるようだ。

と言っても、事実を本当に端的に伝えるだけだった。

蓮はその会場の入り口まで光一に同伴し、帰りも自宅まで送るつもりだったそうだ。

友達の大学受験に、同じ受験生が付き添うなんて、ちょっと異様に映るかもしれないが、二年生の時の事故の恩返し、ということで光一や光一の家族には納得してもらったらしい。

そこまでして付き添ったのに、まさか大学構内で事故に遭うとは、蓮も予想できなかっただろう。

たとえ海路が手を貸していたとしても、阻止できない状況だった。

でも、連絡網で光一の死を聞いて、また振り出しに戻るのだとわかった途端、海路は光一の死を悼む前に、蓮への不満を感じてしまった。

(だから、手伝うって言ったのに)

海路が手伝っていたところで、防げはしなかった。わかっていてそんな愚痴を内心つぶやいたのは、また最初からやり直すのかという、うんざりした気持ちが膨らんだせいだ。

もうやめよう、と安易には言えない。それは蓮に、光一の生命維持装置を外せと言っているに等しいからだ。

一緒に頑張ろう、と前向きに提案しても拒否される。

蓮が時間を巻き戻せば、海路も強制的に巻き込まれる。いったい、どうすればいいのだろう。

鬱屈した気持ちが溜まりに溜まって、海路は光一の死を聞いてからずっと、自分の部屋にこもっていた。

大学の入試にはいちおう行った。勉強もしていなかったから出来は散々だったが、それでも定員割れを起こしていたのか、大学は合格した。

両親が心配するから、卒業式にもいちおう出た。蓮の姿はなかった。

そしてやっぱり、三月二十二日に「お別れの会」があり、海路も出席した。

会の後、今回は蓮に付いて橋まで行くことにした。どうせどこにいても、海路はタイムリープに巻き込まれるのだ。

セレモニーホールを出たところで待っていると、少しして蓮がホールから現れる。蓮とは、年明けに一度、学校で会ったきりだった。久しぶりに目にする蓮は憂鬱そうで、海路に対してもぶっきらぼうだった。

去年の文化祭準備の時、表情を和ませて笑っていたのが嘘のようだ。二度と笑うことはないんじゃないか、というくらい、雰囲気が暗かった。

「大丈夫？」

そういえば、今回は光一の死の現場にいたのだと思い出し、海路は言った。

言葉にしてから、無意味な質問だと後悔する。大丈夫なわけない。蓮も何も答えなかった。黙って、隣駅に向かって歩き出す。海路も付いて行こうとするのを、一瞥（いちべつ）した。

今回は付いて来るのか？　という視線だ。海路がうなずくと、蓮は何も言わず前を向いた。

隣駅の駅前の花屋で献花を買い、橋へと進む。

蓮と並んで歩きながら、疲れたな、と海路は思った。

好きな人と二人きり、並んで歩いているのに、少しもときめいたりしない。そんな自分に驚いている。

疲れているからだ。次は、次こそは自分も運命に関わろう。

光一を死から救う。蓮に断られてもいい。彼の同意なんていらない。

自分で考えて、自分で動くのだ。

「戻ったら、またスマホに連絡する」

蓮が不意に口を開いた。いつの間にか、橋の半ばまで来ていた。

「うん」

戻ったら。次こそは。

蓮が花束を掲げ、川に向かって投げる。それを見届けて、海路は目を閉じた。

「海路、今日のお昼ごはん、何にするー？」

次は三度目のタイムリープ、蓮にとっては六度目になる。

ゴールデンウィークが開けてすぐ、海路は自分から蓮に近づいた。

「何、どうしたん。何か用？」

蓮の取り巻きに威嚇(いかく)されたけど、海路はもう怖気(おじけ)づいたりしなかった。

「いや、高橋(たかはし)さんに声かけたんじゃなくて。蓮に話しかけたんだけど」

にっこり笑って言い返すと、高橋さんは明らかに腹を立てた顔をしながらも、黙って引き下がった。海路は蓮に近づき、

「昼休みに一緒にご飯食べるの、今日からでもいいよね?」

と、やはり笑顔で言った。

「いいけど」

何を考えてるんだ、という顔をしていた。それでも蓮が断らなかったので、海路はその日から、蓮の取り巻きに交じって、蓮や光一と昼ご飯を食べることになった。

いささか自棄になっていたことは否定できない。しかし、同じことを何度も繰り返すことにいい加減、飽き飽きしていたのだ。

何か、何でもいいから自分で行動を起こしたかった。

高橋さんをはじめ蓮の取り巻きたちは、突然の闖入者を面白く思わなかったようだ。五月の間はあからさまに嫌味を言われたり、海路を除いたみんなで遊びに行く話を目の前でされたりした。

でも海路は、不思議なくらい何も感じなかった。

彼らに好かれようが憎まれようが、どうせこの一年限りのことなのだ。

他のクラスメイトもそうだ。必死に人間関係を構築したところで、時が巻き戻ればまたゼロからやり直しになる。

そう考えると、相手が背景の一部になったようで、我ながら驚くくらい冷淡な気持ちになった。

「何をするつもりなんだ？」

　一度だけ、蓮に聞かれた。強引にグループに入ってから一週間ばかりが経った頃、体育の授業のためにグラウンドへ向かう途中だった。二人きりになる時を、見計らっていたのだろう。

「どういう意味？」

　真っすぐに見つめ返した海路に、蓮は一瞬、虚を突かれたように口をつぐんだ。

「そのままの意味だ。六月になればどうせ、あいつらは俺から離れていく。なのにどうして今、わざわざ反感を買うような真似をするんだ」

「反感を買いたいわけじゃないけど。光一君と仲良くしようと思って」

　前回のあれは、ただ昼休みを一緒に過ごすだけで、友達とは言えない距離だった。

　今回はもっと仲良くなる。学校の外でも、彼を見守れるくらいに。蓮のように、光一と行動を共にしても不自然ではないくらいに。

　でもそれを言ったら、蓮は反対するだろう。どうしてかわからないけど、蓮は海路を深く関わらせないようにしている。

「付いていてほしいって、蓮が言ったんじゃん。前回」

　だから海路は、そう言って誤魔化した。

「前回よりもっと、仲良くなろうと思って」

「嘘つけ。何か企んでるだろう」

蓮は誤魔化されてはくれなかった。嘘だと決めつけられて、海路もムッとする。

「蓮こそ、俺に何か隠してるでしょ」

睨むと、相手は驚いたように目を瞠った。

「隠してることなんてない」

心外そうに、蓮は言った。それはいかにも本当のことのように聞こえたし、嘘などついていないという顔をしていた。

「じゃあどうして、俺に関わらせないようにするの。見守りだって、二人でやったほうが効率がいいよね。なのに、俺が何を言っても蓮は俺を光一君から遠ざけようとする。なんで?」

「理由は前から説明してるはずだ。それがすべてだ」

「そんなの、納得できない」

もっともらしいことを言っているけれど、蓮の説明は海路を排除する決定打に欠ける。

「お前が納得しようがしまいが、関係ない。これは俺の問題だ。俺と、光一の」

ぴしゃりと言われて、海路は反論する言葉を失った。

結局、海路が何と言おうと蓮は、こうやって締め出すのだ。

「蓮が巻き込んだくせに」

「お前が勝手に付いてきたんだろ」

言い合いながら、グラウンドの手前まで来ていた。立ち止まって言い争う様子の二人に、グラウンドにいる教師やクラスメイトたちの視線が集まった。

そう言えば、以前もこんなふうに、二人で言い争いをしたのだった。やっぱり同じ時期だ。

あの時はまだ、今よりもっと、周りの目を気にしていた。

でも今は、本当にどうでもいい。何も感じない。蓮のことも。

自分は以前、確かに蓮のことを好きだったはずなのに、今はこんなに間近にいても、感情が波立つことがなかった。

「関係ないって言うなら、俺は俺で勝手にする」

「おい」

蓮が苛立ちを見せる。けれど、次の海路の言葉に固まった。

「そうでないと、おかしくなりそうだもん。同じことの繰り返しで」

「おーい。小宮山たち。何やってる。早く集合しなさい」

体育教師が、見かねた様子でグラウンドから声をかけた。海路はグラウンドへ歩き出す。

別に、このまま授業をサボってもよかった。教師に睨まれたって構わない。そうしなかったのはただ、面倒だっただけだ。

疲れたな、と思う。それから、唐突に気がついた。

(ああ、そうか)

ゴールデンウィーク明け、タイムリープをしてきた蓮の顔を見て、疲れた顔をしていると感じたことがある。

あれは、こういうことだったのだ。

同じことを繰り返し、倦んでいる顔。光一を見守り続けることに、たまに息が詰まると愚痴をこぼしていた。

彼も、そうなのだ。海路と同じ、いや、海路よりやり直した回数が多い分もっと、感情が死んでいる。

教師もクラスメイトたちも、自分の取り巻きだって、みんな背景みたいに感じている。きっと、海路のことも。

何度もやり直し、すっかり色褪せてしまった世界で、蓮が考えるのは光一のことだけ。

無機物でできたロボットみたいになっても、蓮は光一だけを大切に想い、彼を救おうとしている。

胸が痛かった。悲しくて涙が出そうになり、自分にもまだそんな感情が残っているのだと、少しホッとした。

六月になって蓮の取り巻きが彼から遠ざかり、前回と同じように、昼休みは蓮と海路と光一め方がわからない。

の三人で過ごすようになった。

でも、光一と前回より仲良くなるという任務は、遂行できていない。蓮がいつも一緒にいる、というのも理由の一つだが、もっと距離を詰めたいと思っても、詰め方がわからない。

共通の話題がなかったし、放課後や休みの過ごし方を尋ねても、話が膨らまなかった。

「僕、ずっと勉強してるからなあ。塾と学校以外、どこにも行ってないや」

いつも学校から帰って何してるの、と海路が尋ねたら、そんな答えが返って来た。

六月の昼休み、教室で三人、昼ご飯を食べていた。

「小学校からずーっと、医大に入るための勉強してる。つまんない奴でしょ」

「つまんなくはないけど。小学校から？　すごいね」

「正しくは、幼稚舎からかなあ」

「そんなに？」

海路が目を丸くすると、光一はハハ、と眉を下げて困ったように笑った。

「うち、父方が医者の家系なんだ。祖父も父も、父の兄弟もみんな医者。兄も医者で、今はボストンにいる」

「ボストンって、アメリカな」

蓮が、自作だという大きなおにぎりを齧り（かじ）ながら言った。

「知ってるよ、それくらい」

「ハーバード大の関連病院」

蓮が海路の言葉を無視して続け、海路もこれには驚いた。

「すごい」

思わず声を上げると、光一はまた、ハハと、困ったように眉尻を下げる。

「兄は、一族の中でも特別優秀なんだ。でも、弟の僕はポンコツ。幼稚舎からずーっと、受験に失敗してるんだよ」

英家(はなぶさ)では代々、名門私学の幼稚舎に入り、そこから大学の医学部に内部進学するのが習わしなのだそうだ。別に強制されているわけではないというが、一族みんなその学校の同窓生なので、何となく当然、一族の子供たちもみんな受験する。

光一も受験をしたが、幼稚舎で落ち、リベンジした初等部受験も不合格だった。

「ここ一番で、お腹壊したり熱出したりしてね。本番に弱いんだよね」

中等部も受験したが、やっぱり熱を出して落ち、第二志望の中学に入った。その中学の名前を聞いたが、海路でも知っているような進学校だった。

「ポンコツのレベルが高すぎる……」

海路が慄(おのの)いてつぶやくと、蓮がプッと噴き出した。体育の授業の言い合い以来、気まずい雰囲気だったから、少しホッとした。光一も笑う。

「まあ、その中学も肌に合わなくてさ。高校は都立にしたんだ。ここが一番、自分に合ってるかも。僕もなんだかんだ未練はあるから、そこの医大は受けるけどね。親にも今までたくさん、受験のためのお金も手もかけてもらってるし」

何度もタイムリープしてきて、初めて知る事実だった。

光一も、苦労をしているのだなと思う。幼稚舎や初等部の受験で、お腹を壊したり熱を出したりしたのも、相当なプレッシャーを受けたからではないだろうか。

今まで親の期待に応えられなくて、それでも大学受験を頑張っている。そんな中、去年は友人を庇(かば)って事故に遭い、一年留年した。

優秀すぎる家族の中で、光一はどんな思いをしてきたのだろう。

蓮だってそうだ。子供の頃から家族ぐるみの付き合いで、光一の家庭環境を知っていたはずだ。光一の高校三年の大事な時期を、自分を庇ったために台無しにしてしまい、苦しかったに違いない。

光一は、志望の大学に合格する。海路の知る未来では、そうなっている。

大丈夫だよ、と言ってあげたかった。きっと合格するよ、と。

でも言えない。受験生の彼に対して無神経な言葉だし、それに光一は大学に合格しても、進学はできない。その前に死んでしまうからだ。

「俺も協力する」

かける言葉が見つからなくて、ついそんなことを言ってしまったのだが、蓮から即座に「何を協力するんだよ」と、ツッコミが返って来た。

「え、塾の送り迎えとか」

どさくさに紛れて言ってみる。蓮には睨まれ、光一には笑われた。

「ありがとう。塾の送り迎えは、母が車を出してくれるから大丈夫。でもお互い、受験頑張ろうね」

光一は、これから起こる未来を何も知らず、おっとりと微笑む。

彼の命の重みが、海路の肩にもずしりと圧し掛かった。

受験勉強に一辺倒の光一と、遊びに出かける約束など取り付けられるはずもなく、特に距離を縮めることもできないまま、夏休みに突入した。

今回の夏休みは、特に長く感じられた。友達と遊ぶのだって、四回も同じことを繰り返せば、どうしたって飽きてくる。

前回までやっていた短期のバイトも、今回は入れなかった。お金を貯めて、友達と卒業旅行に行くはずだった。でももう、その旅行もやめるつもりだ。計画してお金を貯めたところで、どうせ三月二十二日は越えられない。

夏休みに殺人的な猛暑が延々と続くのも、うんざりした。

（もうやめたい）

夏休みが終わり、二学期になり、時が進むにつれ、もうこれきりにしたい、という思いが強くなる。

光一の命を救いたい。見捨てたら、後悔するのはわかってる。でもやめたい。苦痛すぎて耐えられない。

時間が巻き戻った当初は、今回こそはと思っていた。今度こそ、光一を救うのだと。

そのために、ゴールデンウィーク明けから積極的に蓮のグループに入った。

でも、次第にやる気は萎え始め、きっと今回も無理なのだと思えてくる。二学期に入るともう、前回の行動をなぞるだけになった。

十一月一日、文化祭の準備の途中、蓮と連れ立ってコンビニに出かけた。そこに至る流れは、前回とほぼ同じだ。

一学期まで、蓮は海路を警戒していた。前回と違い、海路が自発的な行動を取っていたせいだ。今は海路が大人しくなったので、蓮もだいぶ警戒を解いているようだった。

なぜそんなにも、海路の介入を警戒するのか。以前は謎に思っていた蓮の態度も、今はどうでもよくなっていた。

近頃は、何もかもに倦んでいる。

「一コ、聞いてもいい？」

レジ袋を提げて歩きながら、海路は聞くともなしに隣の蓮に声をかけた。

隣から、「ん？」というような声が返ってくる。

地面に落ちた影が、長く伸びている。以前、蓮の言葉を聞いてから、海路も何となく意識するようになった。

「何？」

海路がうつむいて地面を見たきり、何も言わないので、蓮が聞き直す。そうだ、話の途中だった。海路は、何を聞こうとしていたのか思い出した。

「光一君の、どんなところを好きになったの？」

海路と並んで歩いていた、蓮の影が止まった。海路も足を止めて彼を見る。

「どうして、そんなことを聞くんだ？」

「いや、なんとなく」

蓮が再び歩き出し、海路も続きながら答えた。

「そういえば、深く突っ込んだことなかったな、って思って」

光一は蓮の行動原理だ。この、気の狂いそうなタイムリープも、蓮が好きな人を救いたいと願ったからだ。

それほど人を好きになる気持ちというのは、どんなものだろう。光一のどこにそれほど、恋焦がれたのか。

ふと聞いてみたくなった。切実に知りたい、というほどでもない、ほんの軽い気持ちだ。

「答えたくないならいいけど。中学から好きだったって、わりと筋金入りだなって思って」

海路の友達なんて、半年単位で好きな子が変わっていた。海路も蓮のことが好きだったけれど、今はよくわからない。

それほど長い間、気持ちが変わらないことなんてあるのだろうか。恋人でもないのに。

「どこがって……どこだろうな」

きっと答えてくれないだろうと予想していたのに、蓮は真面目に考える素振りを見せた。

「自分がそっちの人間だって気づいたきっかけが、あいつだったんだよ」

文化祭の前日、コンビニから学校に続く道には、たまに同じ学校の生徒が行き来している。

それでも蓮は、自らのセンシティブな話題について、大して声もひそめずに話した。

海路も、自分の性指向がクラスメイトに伝わったとしても、今さらうろたえたりしないだろう。どうせ時間を巻き戻せば忘れられる。彼らは背景の一つに過ぎない。

「初めて会ったのは保育園だけど、あの頃から俺、光一と結婚するって周りに言ってたんだ」

「それ、中学どころじゃないじゃない」

筋金入りだ。驚きを通り越して呆れ口調で返したら、蓮は薄く笑った。

「ガキの頃はもちろん、それほど真剣な気持ちじゃなくて、単に気に入ってたって程度だな。あいつ、美形だろ。小さい頃はもっと中性的で、美少女って感じだった。よく、女の子に間違えられてたよ。だから周りの大人たちも、俺が光一を好きだと言っても、ただ笑ってた。そこらの女の子より可愛いんだから、仕方がないねって感じで」

その光景は、容易に想像できた。大人たちにとってはただただ、微笑ましいエピソードだっただろう。

「あいつはあいつで、俺に何言われてもニコニコして反発したりしない……単にそういう性格なだけなんだけどな。こいつは俺のものだって漠然と思ってた」

「うわあ」

海路は思わず、声を上げてしまった。相手が嫌がっている素振りを見せないなら、受け容れられたと同じ。幼い蓮は、そんなふうに思ったのだ。幼さゆえだろうが、彼の傲慢さは当時から健在だったらしい。

蓮も自覚しているらしく、海路の声にバツが悪そうな顔をした。

「光一が、男か女かわからないうちはよかった。周りも否定しないから、これでいいんだと思ってた。でも、だんだん成長して、見た目が男になってもやっぱり、あいつが好きだった。いや、男の部分を意識したから、本当に好きだって自覚したんだ。それでようやく気がついた。俺ってそっち側だったんだって」

そっち側、少数派で、自分がそうだと周りに打ち明けるのをためらわれる側、だ。

「まあ、薄々は気づいてたけどな。認めたくなかったし、認めたら認めたでなんていうか……落ち込んだ」

「落ち込んだ？」

海路が聞き返すと、「だってそうだろう？」と、蓮は自嘲するように唇の端を歪めた。

「いくら大人たちが差別はよくないだの、多様性だのおためごかしを言ったところで、学校で『俺は男が好きです』って言ったら、絶対に好奇の目で見られる。からかう奴が出てくる」

蓮の目が、お前ならわかるだろ、と言っていた。確かに、蓮の言うことは理解できる。

海路だって、自分の属性を恥じてはいないけど、でも言えない。家族にも友達にも言えない。そのうち、たとえば大学生や社会人になったら打ち明けられるかもしれない。でも今は考えられない。

何が違うのか、と言われたらうまく答えられない。でも、中学や高校のこの、鳥かごみたいな校舎の中で、自分の柔らかくて弱い部分を他人に晒す勇気はない。弱い部分があるということすら、知られたくなかった。

海路でさえそうなのだから、蓮はもっと弱みを晒け出すことはできないだろう。

彼のいるスクールカーストの上部は、海路のいる底辺よりもっと熾烈な気がするから。

「生まれて初めて、挫折感を味わった。それまではそんなふうに感じたことはなかった。小さい頃から小器用で何やっても簡単に上手くいって、親ガチャは当たりで、人間関係で困ったこともなくて。なんとなく、自分は勝ち組、みたいなことを考えてたからな」

「うわあ」

海路はまた言った。

「陽キャの発言だ」

遠慮のない言葉を、蓮は否定しなかった。クスッと笑っただけだ。

「自分が嫌な奴だって自覚はあるよ。昔も今も」

そうつぶやいて自嘲する、蓮がひどく大人びて見えた。もっとも、それは当然かもしれない。蓮は海路より三回も多く時間をやり直しているし、高校三年も七回目になる。本当だったら、とっくに大学を卒業している年齢なのだ。

それを言うなら、海路もそろそろ大学を卒業する頃だが、あまり大人っぽくなった気はしない。いろいろなことが気にならなくなった、心が鈍くなっただけだ。

「光一君のこと、そんなに前から好きだったんだね」

海路は話題を畳む目的で、何気なく言った。「ああ」と、素っ気ない声が返ってくる。

「今でも好き？」

どうして、そんなことを尋ねたのか、自分でもわからない。今さら確認するまでもないことだ。

蓮は光一が好き。そうでなければ、ここまで何度も時間を巻き戻したりしない。

「よくわからない」

それなのに海路は、蓮のこの答えをあらかじめ、予想していた気がする。

ぼんやりと見上げると、相手の視線とぶつかった。

「今はもう、よくわからない。気持ちが鈍くなって、いろいろなものが曖昧になってる。……お前だってそうだろ?」

蓮の柔らかな眼差しを見た時、海路はしくりと胸が痛んだ。

「……うん」

蓮にはわかっているのだ。その言葉で、海路も蓮が自分と同じなのだとわかった。

海路は蓮が好きだった。でも今はもう、その好きという感覚が、遠い過去のもののように思える。

好きってなんだろう。確かに蓮のことを想っていた。蓮は光一が好きで、自分は永久に片想いなのだと知って悲しかった。胸が痛んだのに。

時を繰り返すごとに、心が鈍くなっていく。このままやり直しを続けたら、いつか何も感じなくなるかもしれない。

それは果たして、生きていると言えるのだろうか?

タイムリープを終わりにしなければ、と海路は思った。

光一の死は、止めることができない。ならば、どこかで区切りをつけなくてはならない。もうやめよう、と蓮に言おう。今回限り、これを最後のチャンスにしよう、と。

そう決意したものの、言い出せないまま時が流れた。

年が明け、今回は二月の終わり、本命大学の一次試験合格発表を受けた後、光一は死んだ。家族と食事に出かけ、そのレストランの駐車場で、アクセルとブレーキを踏み間違えた乗用車が突っ込んで、亡くなった。

三月二十二日の「お別れの会」の後、海路は蓮に付いていつもの橋に向かい、そこで言うつもりだった。

次で最後にしよう、と。

でもやっぱり、言えなかった。海路がもたもたとためらっている間に蓮は花束を河に投げ、海路にとって四回目のタイムリープが完了した。

前回でやめるつもりだったから、五度目の高校三年生は本当に憂鬱だった。

もう、積極的に蓮のグループに割り込んだりもしなかった。虚無感に支配され、学校さえ休みがちだった。両親や姉は、そんな海路を心配した。

これ以上繰り返したら、自分は本当におかしくなる。

蓮に言おう。もうやめてくれと。

光一の死の責任は、自分が背負う。海路からやめると言い出したのだ。蓮は悪くない。

でも言えなかった。海路が学校をサボったりしたせいか、六月になっても蓮は昼休みに誘ってくれなかった。

海路は昔と同じように、別のクラスの友人たちと昼ご飯を食べた。

気が狂いそうなほどゆっくりと時が過ぎ、夏休みが終わって二学期になる。

十一月一日の文化祭の準備に、海路は参加しなかった。それどころか、その日は学校にさえ行かなかった。

文化祭が終わると、海路はすっかり不登校になってしまった。

何もやる気が起こらない。最初のうちは学校に行きなさいとやかましく言っていた母も、文化祭を終えて海路が毎日引きこもるようになると、何も言わなくなった。

でも、父とは毎日話し合っているようだ。たまに姉も加わっている。リビングから母がすすり泣く声が聞こえた時、どうしようもない苛立ちが込み上げた。

こうなったのは、自分のせいじゃない。では誰のせいなのか。

蓮のせいだ。蓮が諦めず、何度でもタイムリープを繰り返すから。

でも、蓮が無理やり海路を巻き込んだわけじゃない。海路が勝手に蓮を尾行して、これまた勝手に後追い自殺をすると思い込み、蓮に抱き付いたからだ。

でも海路だって、こんなことになるなんて思わなかった。

「海路。ねえ、具合悪いなら一度、病院行って診てもらおうよ」

引きこもって一週間ばかりした頃、姉が海路の部屋にやってきて、いつになく優しい声音で提案した。

両親と話し合って、一度病院に行かせようという話になったらしい。

最初はいじめを疑っていたようだが、海路が否定したので、家族は鬱とか、あるいは滅多にないようなわかりにくい病気なのではと、心配しているようだった。

海路は、もう少し様子を見て、良くならなかったら行く、と言って姉の提案を退けた。

原因はわかっているのだ。終わりの見えないタイムリープが、海路の心を鬱屈させている。

このままではいけないことは、わかっていた。このままでは本当に心の病気になって、ベッドから起き上がれなくなってしまうかもしれない。

蓮と話し合わなくては。

ひどく億劫（おっくう）だったが、海路はベッドから起き上がった。

すっかり引きこもりが板についていて、寝てばかりいるせいか身体が重かった。

時刻はもう午後で、学校はそろそろ下校の時間だ。今から学校に行くには遅すぎるし、学校ではできない話だった。

蓮をどこかに呼び出すか。でも、光一のボディガードをしている蓮が、すぐに応じてくれるだろうか。

といって、蓮と予定を合わせていたら、今ようやく振り絞った気力と勇気がたちまち萎えてしまいそうだった。

しばらく考えた末、待ち伏せしよう、と結論を出す。

学校の下校時刻には間に合わないから、蓮の家に直接行こう。

幸い、前回のタイムリープの時、蓮と光一の住所を聞き出していた。インターネットの地図で場所を確認し、財布を持って外出する。

ほぼ一週間ぶりの外出だった。両親は仕事、姉も大学で、海路の行動に驚く家族はいない。

玄関のドアを開け、マンションの外廊下に出た途端、ビュッと強い風が横から吹いて、海路の髪をかき混ぜた。

すごい強風だ。それで気がついた。

今日は十一月十五日、蓮の何度目かのやり直しの時、光一が死んだ日だ。

毎回タイムリープするたび、この強風で今日が十一月十五日だと気づくのだ。今回もそうだった。

蓮は光一を家まで送り届けているだろう。海路は、まず光一の家に向かうことにした。

電車に乗って、時々はスマホで位置を確認しながら、初めて行く光一の家へ急ぐ。

以前に蓮が、海路の家と意外と近いと言っていたとおり、電車でいくらもかからなかった。

私鉄のこぢんまりとした駅を降り、すぐの角を曲がると住宅街だ。

相変わらず風が強い。時々、目にゴミが入ったりして不快だった。坂の多い地域なのか、少し坂を下りると、今度は急な登り坂になる。

その坂を上り切ると十字路があり、その手前の角地が光一の家だった。

背の高い、洒落たタイル材の外壁にぐるりと囲まれた、お金持ちの家っぽい外観である。

住所を確認するまでもなかった。ちょうど、光一が蓮に送られて門の中に入ろうとしているところだった。

「あれ、海路君？」

先に海路に気づいたのは、門の前の二、三段の階段に立つ光一だった。蓮はまだ道路にいて、光一を門の中に押しやろうとしていた。光一の声に、勢いよく海路を振り返る。

「海路？　なんでここに」

なぜお前がいるのだ、という非難の声だった。その表情の険しさに、海路はひやりとする。

「インフルって聞いてたけど、もう大丈夫なの？」

光一が蓮の表情と怯む海路を見て、取りなすように間に入った。親は学校に、インフルエンザだと連絡していたらしい。光一の優しさにホッとして、海路はこくりとうなずく。

「何か用があったんじゃない？　中、入る？」

人のいい光一が言って、上りかけた段差を降りようとする。蓮がピリッとした声を上げた。

「いい。お前は中に入れ」

「いいって、僕は海路君に言ったんだけど」

光一が、彼にしては厳めしい顔で蓮を睨む。

「俺に用があるんだよ」

蓮が即座に言い返すと、光一は「そうなの？」と、海路を向いた。その横で、蓮が怖い顔をして睨んでいる。

海路は急いでうなずいた。危険なのは今、なのだ。

ここに光一の死亡フラグがある。蓮はだから、急いで光一を家の中に入れようとしているのだった。

「蓮の家に行こうと思って、たまたま通りかかったんだ。引き留めてごめんね。中に入って。すごい風だから、外にいると危ないよ。……か、看板とか飛んでくるかも」

海路が言った途端、ビュッと強い風が吹いた。すぐ近くで、何かが衝突する大きな音がして、海路は「わっ」と声を上げてしまった。

「大丈夫？」

それを聞いた光一が、また段差を降りようとする。海路は焦った。自分のせいで光一が危ない目に遭ったら、本末転倒だ。

「大丈夫、大丈夫。中に入って、入って」

海路は早く光一を中に入れてしまいたくて、身振り手振りをしながら光一と蓮がいる門のほうへと近づいた。

その時ちょうど、進行方向にある十字路から、一台の乗用車が曲がってきた。

海路は咄嗟に車を避けようとして足がもつれ、本当に信じられないことに、その場にぽてんと尻もちをついてしまった。

顔を上げるとすぐ目の前に、車のバンパーが見えた。

「海路！」

蓮の鋭い声を、意識の遠くで聞いていた。


車は曲がり角で、十分な減速をしていたようだった。

それでも、海路の前で車が急ブレーキをかけた時、ギュギュッ、とタイヤとアスファルトが擦れる悲鳴のような音がして、車体が上下に大きく揺れた。

「大丈夫っ？」

運転席の窓から、綺麗な白人女性が顔を出した。光一の母だ。

「当たらなかった？　怪我は？」

海路がちょっとでも車に掠っていたら、光一の母は加害者だ。海路は急いで立ち上がった。

「す、すみません。強風で転んじゃって。大丈夫、何ともないです」

光一の母はまだ心配そうで、門の前にいる息子と蓮とを見比べ、「光一のお友達？」「うちに上がってらしたら？」と、誰にともなく言った。

「そうだよね。どこか打ってるかもしれないし」

光一までもが言って、門の外へ出ようとするので、海路は「へ、平気ですっ」と押し留めた。

「お、俺、蓮の、小宮山君ちに行く途中で、あの」

応援を求めて蓮のほうを見る。彼は車の後ろを回り込んで、海路のところへ近づいてくるところだった。

「ごめん、おばさん。お騒がせしました。こいつと約束があったんだ。光一も、中に入ってくれ。また、今のこいつみたいなことが起こるかもしれないから」

蓮は早口に言うと、「行こう」と、海路の腕を引いた。

有無を言わせない口調に、光一も彼の母親も、ちょっと困惑気味だった。海路も驚いている。

「じゃあね、また来週」

気を取り直して光一が手を振り、海路も振り返した。蓮はおざなりに会釈をすると、海路を引っ張って、先ほど母親の車が現れた角を曲がった。

「あの、蓮」

蓮は無言のまま、肩を怒らせて先を進む。海路とは歩幅が違いすぎて、駆け足になった。腕を強く摑まれているので、今にも転びそうだ。

「ちょっと待って。転んじゃう。腕、離して」

海路がもがくと、あっさり腕が離れた。同時に、蓮の足も止まる。それから、恐ろしい形相でこちらを振り返った。

「馬鹿野郎！」

突然、大声で怒鳴られた。一度怒鳴っただけでは、怒りは収まらなかったらしい。身をすくませる海路に、蓮は続けて怒鳴った。

「お前は馬鹿か。今日がどんな日なのか忘れたのか？　どうしてこんな日に、のこのこ現れたんだ！」

今まで、蓮に鬱陶しがられたことはあっても、こんなに怖い顔で怒られたことはない。

蓮の剣幕が、ただただ怖かった。

「俺、ただ、話があって」

「話？」

苛立った声で言われた。海路が身をすくませると、蓮はそれにさえ苛立った様子で、神経質そうに前髪をかき上げる。

「話なら電話かければいいだろ。学校サボって引きこもってたくせに、今日に限って出てきたのはなんでだ。邪魔しにきたのか？」

そんな言い方、しなくてもいいのに。海路は情けない気持ちになって、うつむいた。

どうしてそこまで怒られなければならないのか、理解できない。なぜ蓮はこんなにも怒っていて、そのむき出しの怒りを無遠慮にぶつけてくるのだろう。

蓮にとって、自分が取るに足らない存在だからか。

「俺は……」

続く蓮の声は、まだ怒りに震えている。

「俺は、もしお前がここで死んだとしても、やり直したりしないからな」

低く押し殺したような声が、うつむく海路の無防備な心に、ぐさりと突き刺さった。

言葉の針が深く心臓を抉り、返す言葉が見つからない。顔を上げることさえできなかった。

何もできず、言い返せず、しばらく海路は、地面を見つめたままその場に立ち尽くしていた。

蓮も同じだけ無言でたたずんでいたが、海路には相手のことを考える余裕などなかった。

「……お前。もう、帰れよ」

頭上で不機嫌な声がした。海路が何の反応も見せずにいると、やがて小さな舌打ちが聞こえ、視界にあった蓮の足がくるりと向きを変えた。

海路を置いて、彼は去っていく。話も聞いてくれないまま。

もしお前がここで死んだとしても、やり直したりしない。そう言われるのは二度目だ。

「わかってるよ、そんなこと」

蓮が去ってしばらくしてから、海路はつぶやく。

自分は蓮にとって、取るに足らない存在だ。いてもいなくても変わらない。

最初からそうだった。初めてタイムリープをした時から。それから何回も蓮の時間遡行に付き合わされたけど、海路の立場は変わっていない。

余計なおまけ。これから何度やり直したって、海路がどんな行動をしたって同じだ。

ここは蓮のフィールドで、蓮と光一が主人公の物語だ。蓮は目的のために時間を戻しているけれど、海路にはその目的が与えられない。

ただただ無為に、時間だけが巻き戻っては繰り返されていく。

「……もう、やだ」

こんな世界、耐えられない。

――もう、やめよう。

突風が吹く中、海路は自分の中で一つの決意をした。

その後は、海路が思い返す限りで最悪の年末年始だった。

海路はいっそう塞ぎ込み、家族を心配させた。家族に申し訳なくて、いっそう苛立ちが募る。

苛立ちは恨みに変わり、海路は蓮を恨めしく思うようになった。

蓮を恨むのは、お門違いかもしれない。でも、海路を自分の世界から排除しようとする蓮の行動が、海路を追い詰めたのだ。

学校は行ったり行かなかったりだった。留年なんてことになったら家族が泣くから、出席日数のために仕方なく行ったけど、学校の勉強も受験勉強もどうでもよかった。

年が明けて受験シーズンとなっても、それは変わらなかった。海路は受験をせず、部屋でひたすらスマホのゲームをやっていた。

どうせもうすぐ、ぜんぶ終わるのだ。光一が死ねばすべてが終わる。

スマホのゲーム画面を惰性で眺めながら、海路はいつしか、光一の死を心待ちにしている自分に気がついた。

優しいクラスメイトの死を待ち望むなんて。もう自分は、人間じゃないのかもしれない。

卒業式にも、海路は行かなかった。卒業式の日の夜、母はキッチンでひっそり泣いていた。

どうしてこうなったんだろうと、嘆いているに違いない。海路も同じことを思う。あの時、蓮を追いかけなければよかった。蓮が橋から飛び降りても、放っておけばよかった。こっちがどれほど心配したって、身体を張って救おうとしたとて、蓮は海路のことなんか気にかけちゃいないのだ。

蓮を好きにならなければよかった。もう一度、あの時に時間を戻せるならやり直したい。もしやり直せたら、海路は蓮を追いかけたりしない。

光一が死んで、蓮が失意の底にいても放っておく。「お別れの会」のセレモニーホールで悲しみを清算し、その後は自分の人生を歩むのだ。

やり直したいと、強く思った。今度は蓮に流されるのではなく、自分の意志で。

でも、きっとそれはできないのだろう。この世界は蓮のもので、海路はモブだから。

だから仕方がない。モブはモブのやり方で、この世界から退場する。

今回も三月二十二日が来て、セレモニーホールの外で顔を合わせた時、蓮は海路を見て少し驚いていた。

「来てたのか」

まじまじと海路を見ていたが、すぐに沈んだ顔になる。隣駅に向かって歩き出し、海路がそれに付いて行くと、ちらりと振り返った。

お前も来るのか、という表情。気にせず後ろを歩いた。

少し痩せたかなと、海路は蓮の広い背中を見て思う。

冬休み前からこっち、蓮とはほとんど顔を合わせていないから、実に四か月ぶりくらいだ。彼はいっそう暗くなったように見えた。背中の広さは変わらないけれど、その暗さのせいで、やつれたように見えるのかもしれない。

蓮は、以前にも増して疲れて見えた。明るかった頃の彼の笑顔を思い出すには、かなりの努力が必要だった。

彼はいつまで、このループを続ける気なのだろう。もはや他人事のように、海路は胸の内でつぶやく。

今回も蓮は失敗した。光一が死んだのは三月の中旬、家族旅行から戻った、その翌日のことだという。

クラスの電話連絡網で回って来た話によれば、蓮と光一はその日、光一の母と三人で沿線のショッピングモールへ出かけていたそうだ。

恐らくだが、光一親子が出かける話を聞いて、蓮が同行したいと申し出たのだと思う。言うまでもなく、光一を死の呪いから守るためだ。

ショッピングモールに着き、一階の吹き抜けホールに立っていたところ、上の階から買い物客が誤って落とした陶器が光一の頭部を直撃し、死亡した。

前代未聞の事件だけれど、海路は驚かない。どんなふうにしたって、光一は死ぬのだ。でも蓮にとっては、何度目でもショックだろう。いっそう暗くなるのもうなずけると、海路は思った。

隣駅まで行き、駅前の花屋に蓮と入る。花屋に海路が入るのは、これで何度目だろう。前回は店の外にいた。

いつものとおり、蓮が献花を作ってほしいと店の女性に伝え、女性が花を選んでいく。カスミソウとグリーンカーネーション、それからあともう一つ、名前の知らない花。

お店の人が最後に花桶(はなおけ)から抜き取った花を指し、海路は尋ねた。ずっと気になっていたのだ。

「その花、なんていうんですか」

海路がこの店で言葉を発するのは、初めてのことだ。蓮が驚いてこちらを振り返った。

「これですか？　トルコキキョウです。白のトルコキキョウ。他にも、紫やピンクなんかもあるんですよ」

店の女性は教えてくれた。お礼を言って店を出る。

花束を抱えた蓮が一瞬、真意を探るように海路を見た。こちらが目を合わせると、何も言わずに歩き出す。

二人は縦並びになってまた、いつもの道を歩いた。

三月二十二日は今日も良く晴れていて、西に傾きかけた太陽が眩しい。橋の前まで来た時、両側に開けた河川の景色を、美しいと思った。

目に映る風景に心惹かれたのは、いつぶりだろう。最初に蓮を追いかけてここに来た時、清々しいこの景色に素直に感嘆したものだ。あの時以来かもしれない。

タイムリープを繰り返すうち、いつしかすべての景色が見覚えのあるものになって、何も感じなくなっていた。

「綺麗だね」

橋のたもとで、海路は言った。きっと蓮は振り返りもしないだろうと思っていたが、目の前を歩く男は足を止めてこちらを見た。

怪訝そうな顔だ。海路が何を考えているのか、探る目をしている。

そんな相手の態度を見て、唐突に海路は、自分と蓮は本当に他人なのだとしみじみ思った。

お互いが、てんで別のことを考えている。お互いの悩みや苦しみなんて、これっぽっちも理解し合えない。相手が北を向いている時、自分は南を見ている。

他人とは、自分ではない他者とは、そういうものなのだ。今まで、海路はたぶん、蓮という他者に幻想を抱いていた。

一緒にいたからって、そばにいて同じ時間を過ごしたからといって、同じことを考えたりはしない。同じ経験をしてもめいめいが別の感想を抱く。

それが個々の人間というものだ。当たり前のことだけど、海路はその現実を今、しみじみと実感した。

蓮は海路の顔を見て、それからすぐ前を向いて歩き出した。

橋の向こうから、ジョギング姿の男女が近づいてくる。これも、何度も見た風景だ。

でも、これで最後だ。

「ねえ」

橋の真ん中まで来て、海路は蓮の背中に呼びかけた。蓮は答えない。振り向きもしない。

「ねえ、蓮」

「戻ったら」

「蓮。俺、もうやめたい」

「戻ったら、またスマホに連絡する」

海路の言葉を遮って、蓮はいつもの言葉を口にした。

蓮にも予想はついていたのだろう。海路がやめたがっていること、いつかそれを口に出すだろうことを。

でも、蓮は知らない振りをする。海路の気持ちなんて考えていないのだ。

彼が考えているのはいつも、光一のことだけ。好きな人を救うことだけだ。

（ああ、そうか）

ある事実に気づいて、海路は絶望した。

自分はまだ、蓮が好きなのだ。好き、という感情がどんなものだったかわからなくなっていたけれど、見失っていただけでまだ、蓮への想いは存在していた。

一年生の時、明るく快活な蓮に恋をした。困っている時に助けてもらって、物語のヒーローを想うみたいに恋をした。

三年生になって、突然変わった彼に戸惑い、それでも彼の背中を追っているうちに、そうしてタイムリープなんて突拍子もない体験に巻き込まれていく間に、今の蓮に新たな恋をしていた。

素っ気なくて冷たくて、でもたまに優しく目元を和ませる彼が好きだった。

自分でも気づかないうちに、蓮への想いが降り積もって、容易に消せないくらい大きな塊になっていた。

蓮が好きだ。自分を決して見てはくれないこの人を、好きになってしまった。

きっと蓮も、蓮の光一への気持ちも同じだ。他人のことはわからないけど、でもたぶん。好きという気持ちがもうわからなくなったと、蓮も言っていたけど、きっとまだ心の中に残っている。光一への愛情はきっと存在している。

何しろこうやって、海路の気持ちなんて考えずにタイムリープを繰り返すくらいなんだから。

「俺は戻らないよ」

海路は言って、花束を投げようとしている蓮を追い越し、橋の欄干に手をかけた。

蓮は、何を言っているんだ、という目で海路を見ていた。海路が欄干に足をかけてよじ登ると、その目が大きく見開かれる。

「おい」

下りろよ、と、怒ったようなぶっきらぼうなつぶやきが、続いて蓮の口から漏れた。海路は下りなかった。

「ごめん。これ以上はもう無理。頭がおかしくなりそうって、前に言ったよね。蓮は聞いてくれなかったけど」

「やめろ。早く下りろよ。……警察呼ばれるぞ」

蓮がうろたえた様子で周囲を見回し、早口に言う。海路も蓮の言葉を無視して、自分の言いたいことを言うことにした。

「考えた。ずっと考えてた。どうやったらタイムリープを抜け出せるのか。トリガーは蓮が握ってる。俺は蓮が花束を投げたら、どこにいたって巻き込まれる。同じ時間を過ごしてるのに、俺は何もさせてもらえない。何の目的もやることもなく、同じ時間だけ過ごしてる」

「……光一の命を救う。協力するって、お前が言ったんじゃないか」

海路を睨みながら、蓮が一歩前に出た。海路は急いで欄干を乗り越える。

「よせ。戻れよ、早く！」

「最初は協力するつもりだったよ。でも、蓮は俺に何もさせてくれない。危険だからとか何だかんだ言って、光一君から俺を遠ざけようとする。邪魔者扱いだ」

蓮が息を大きく吸った。何か言おうとして、言葉を探して瞳が揺れている。たぶん、海路を引き留めるセリフを探しているのだろう。

「もう限界だった。何度も蓮に、タイムリープをやめてくれって頼もうとしたけど。でも俺の言葉なんて、蓮は聞いてくれないでしょ。だから一人で抜け出す方法を考えた。それで思いついたんだ。俺が途中で死ねば、俺と蓮のこの関係も、リセットされるんじゃないかなって」

海路はたまたま、トリガーを引く瞬間の蓮にくっついていたおかげで、タイムリープに巻き込まれるようになった。蓮と紐(ひも)づいてしまった。

どうやったらその紐づけを外せるのだろうと、ずっと考えて、思いついたのだ。

トリガーを引く前に、海路が死んでみてはどうだろうかと。

「……リセットされる保証はない」

海路の言葉を、蓮は瞳を揺らして聞いていた。目まぐるしく頭を動かして、やがてその言葉を思いついたらしかった。

「俺がトリガーを引けば、振り出しに戻るかもしれない」

「うん。一か八かだね」

海路もそれは、考えていた。海路が死んだからといって、そこで紐づけが外れるとは限らない。蓮が花束を投げたら、海路の死はなかったことになり、精神も去年のゴールデンウィークに巻き戻るかもしれない。

「一か八か？　死んだら終わり。死んだら終わりなんだぞ」

「なんでそんな顔するの。そんなのわかってる。蓮が言ったんじゃん。海路はクスッと笑ってみせた。

死んだら終わり。そんなのわかってる。海路はクスッと笑ってみせた。

蓮の顔が、悲愴に歪んだ。本当に、どうして今さらそんな顔をするんだろう。

「この世界は蓮のものだ。蓮と、蓮が好きな光一君のために用意された舞台だ。モブの俺はモブのままでいるべきだった。だから、元に戻るだけだよ」

蓮が次に時間を巻き戻した時、そこには以前のままの海路がいるはずだ。

タイムリープなんて知らない、ゼロ地点の海路が。

「やめろ。……やめてくれ」

それは蓮が望んだことでもあるはずだ。なのに、目の前の蓮は苦しそうに顔を歪ませている。

なぜ、と問いたかったが、時間切れだった。

蓮の肩越しに、ジョギング姿の男女が近づいてくるのが見える。二人とも慌てていた。すれ違った二人は、欄干を越えた海路に気づき、引き返してきたらしい。

「それじゃあ」

海路は微笑んだ、のだと思う。

自分の死は、特に自死ともなると、もっと劇的だと思っていた。

実際はあっけなくて、尻すぼみの忙しないものらしい。

通りすがりのジョギングカップルに邪魔されないうちにと、海路は欄干から手を離した。寸前で、蓮の両手が伸びてくる。

その手に花束がないことに、海路はホッとしていた。

予定通り、蓮がトリガーを引くより前に、終わらせられる。

蓮の手は空を切り、海路は落下に身を任せた。心の中で数を数える。
一、二……。

# 四

顔にかかる水しぶき、その冷たさを感じた記憶がある。

それから、空の青さ。

最後に見た風景の美しさに、海路(かいろ)は我知らず涙を流していた。

流れた涙が目尻を伝い、こめかみに流れる。その感触がくすぐったくて、手で乱暴に涙をぬぐった。

その、宙に上げた自分の手を見つめて、思わずため息をつく。

「失敗した」

むくりと起き上がった。どう見ても、自分の部屋だった。

念のため、枕元のスマホを確認する。二〇二四年五月六日。

一年前に巻き戻ったのだ。

「蓮(れん)のやつ」

悪態をついた時、廊下で「海路、今日のお昼ごはん、何にするー?」と、母の声が聞こえた。

「留守番するから、父さんと母さんで出かけてきて」

ドア越しに返事をして、またため息が漏れた。

自分なりに決意を固めて行動した。どんな極限状態だって、死ぬのは怖い。

その恐怖を乗り越えて、ようやくループから抜け出せると思っていたのに。

蓮はあの後、花束を投げたのだ。トリガーを引いた。

海路が死んでも、蓮との紐づけはリセットされることはなく、またもや振り出しに戻ってしまった。

でも、これでわかった。蓮にタイムリープをやめさせる以外、海路もこの環から解き放たれることはないのだ。

「蓮の馬鹿。ばーか。傲慢。横暴」

ブツブツと悪態をつく。幸か不幸か、それとも自殺を試みた挙げ句に失敗して振り切れたのか、タイムリープ前に感じていた、どうにもならない閉塞感と絶望感は薄れていた。

飛び降りる直前まで、もう死ぬしかないと思い詰めていた。

思考が散らかり放題の部屋みたいにごちゃごちゃになっていて、常に頭の奥がピリピリしている感覚があった。

でも今は不思議なことに、飛び降りる前のことが嘘みたいに、頭の中が整然としている。気分もすっきりして、むしろ清々しいくらいの気持ちだった。

最後に、蓮に言いたいことを言ったせいかもしれない。ずっと彼の言いなりで、意見も聞いてもらえず、フラストレーションが溜まっていたのだ。

さっき欄干の向こうで見た蓮の表情を思い返して、少しだけ溜飲が下がる。

ひどく慌てて、うろたえていた。

たとえ取るに足らない存在であっても、クラスメイトが目の前で死ぬのはショッキングだったはずだ。

今頃、蓮はどうしているだろう。時間を戻して、少しは海路のことを気にかけてくれているだろうか。

海路が戻ってきているか、それとも橋を越えて死んだままかということは、気になっているはずだ。

もうじきいつものように、スマホに連絡があるだろう。そうしたら、何と返そうか。

恨み言を言う？　いや、今度こそ真剣に蓮と向き合うべきではないか。

カラオケ店で落ち合って、蓮と今後のことについて話し合おう。あんなことがあった後だから、蓮も今なら海路との話し合いに応じてくれるはずだ。

そこで、海路の要求を伝える。

タイムリープを今回限りにしてもらいたいこと、今回こそは光一救出を成功させるため、自分も光一のボディガードに加わりたいこと。

光一に、タイムリープの種明かしをしてもいいかもしれない。いつ死の危険が迫ってくるかわからないのだ。本人に自覚がなければ、生き残るのは難しい。

「そもそもなんで、本人には言わないってことになったんだっけ」

最初にタイムリープした時も、海路は光一に伝えてみてはどうかと言った気がする。でも蓮に反対されたのだ。あれはどういう理由でだっただろう。

「だいたい、蓮は頑なななんだよな。頭が固いっていうか」

すべて自己完結していた。海路を仲間として認めず、ぜんぶ一人で決めて行動していた。海路が何を言ったって、適当な理由をつけて聞き入れなかったし遠ざけていた。

でも、今度という今度は言わせてもらう。いざという時は、「お別れの会」の日に蓮を誘拐して監禁し、トリガーを引かせないという手もある。

「そうだよ。自殺なんかしないで、蓮を監禁すればよかったんだ」

あの大柄な男を、非力な自分が拉致できるのか、というのと、どこに監禁するのかという問題はあるが、もっと早く思いつけばよかった。

「次はそうしよう。蓮を拉致ろう」

海路はひとりで得心し、うなずいた。

何というか、一度死んだおかげで、色々と吹っ切れた気がする。

「死んだ……んだよね？」

もしかすると、死ななかったのかもしれない。橋から水面までは結構な高さがあったと思ったけれど、正確に測ったわけではない。

高所から転落して死ななかった例は、海路の知る限りでもいくつもある。一命を取り留めたけれど寝たきりだという話も聞いたことがある。

考えて、急に怖くなった。落ちた瞬間の痛みが残っていなくて良かった。想像すると、今さらに震えが出る。

自殺なんてするものではないと、今となっては思う。あっさり欄干を乗り越えられたのは、それだけ精神的に追い詰められていたからだろう。

「……連絡、来ないな」

ひとしきり恐怖を思い出して震え、それからふと、巻き戻ってからずいぶん時間が経っていることに気がついた。両親はすでに外出している。

蓮からはまだ、連絡がなかった。いつもなら、こちらに戻って来てすぐ、スマホに連絡があるのに。

ベッドの上でスマホを確認してみたけれど、何の着信もなかった。じわりと、焦りが込み上げる。

もしかして蓮は、海路がタイムリープの輪から外れたと思い込んでいる？

それにしたって、戻ってきているかいないかの確認くらい、するのではないだろうか。

直前であんなふうに騒いで、目の前で橋から飛び降りたのだ。

てっきり、泡を食って連絡してくると思っていた。そうしたら何と返事をしてやろうか、しらばっくれていようかなどと、意地の悪いことを考えていたのに。

でも、連絡はこない。

いなくなってせいせいしている、あるいは、どうかいなくなってくれと願われていたとしたら？　自分は蓮にとって、とんでもなく鬱陶しい存在だったのではないか。

（いや、それでも確認くらいはするよね？）

海路がどうなったか、少しは気にならないのだろうか。まったく気にならないとか？

そこまでどうでもいい存在だったのか。それとも、確認するのも嫌気が差すくらい、鬱陶しいと思っていたか、どちらかだ。

ネガティブな考えしか思いつかず、涙が出た。

命を懸けても、蓮の心には掠りもしないのか。

「最悪。蓮の馬鹿」

あんな奴、こっちだって大嫌いだ。

心の中でそう嘯いてみたけれど、それが嘘だということは自分自身がよくわかっている。

橋から飛び降りる直前、まだ蓮が好きだという事実を自覚してしまった。一年前に戻ってきても、その記憶はなかったことにならない。

明日から、どんな顔をして会えばいいのだろう。

悔しくて悲しくて、海路はひっそりと自分の部屋で泣き続けた。

夜になっても、蓮からの連絡はなかった。

連絡してみようかと思ったが、それもなんだか、こちらから折れたようで悔しい。

結局、連絡を取り合わないまま日が暮れた。

連絡がこないことに落ち込んでいた海路だったが、夕食の時間になり、両親と食卓を囲んでいると、ちょっとずつ気持ちが浮上した。

橋から飛び降りた時は、もうこんな時間も持てないと思っていたのだ。

半日前の出来事を思い出すと、何度も繰り返して飽き飽きしていたこの時間が、とても貴重なものに感じられた。

手巻き寿司(ずし)が美味(おい)しい。イクラも美味しい。

両親を置いて死んだことに罪悪感を覚えてきて、いつもは面倒がってやらない食事の後片付けも率先してやった。

「こっちが言う前にやるなんて、珍しいじゃない」

どういう風の吹き回し？　と、からかい口調で言ってくる母に、「イクラのお礼」と、返した。

「最後の子どもの日だし」

「そうだよなあ。海路がもう成人だもん。僕らも年取るはずだよ」

父がしみじみ言う。そんな両親を横目で見ながら、前回のタイムリープのことを思い返した。

鬱々として引きこもって、家族にはずいぶん心配をかけた。部活の友達だって、自分たちが受験で忙しい時期に、何かと連絡をくれたりした。あの時は、そんな家族や友人の心配さえ煩わしいと思ったのだ。

もう、あんな思いはしたくないし、周りに心配をかけたくない。

一度死んで、ようやく目が覚めた気がする。

過去のタイムリープで感じた、自分と蓮以外のすべてが背景みたいになっていく感覚。感情が死んで、時間の経過がのろく感じ、ひたすら退屈だった。

気づかないうちに毒が回って、気づいたら致死レベルだったというような、あのゆっくりとした死の感覚を、もう二度と味わいたくなかった。

（やっぱり、タイムリープは終わらせるべきだ）

どこかで区切りをつけなくてはいけない。

光一の死を回避するという目的がたとえ果たせなかったとしても、区切った場所で終わらせるべきだ。

死の回避が失敗に終わった場合、光一は死んだままになる。自責の念を抱えて生きていくことになるだろう。

それでも、だ。こんなこと、永久に続けるべきではない。

蓮と話し合わなければ。海路は強く思った。

拉致監禁してタイムリープを阻止するのは、最終手段だ。トリガーを持っている蓮と、まずは真剣に話し合う。

タイムリープはもう、今回限りにする。

光一の救出が失敗しても成功しても、これが最後だ。

後悔しないために、できれば光一を死の運命から救うために、この一年で自分たちに何ができるのか、考える。

今までみたいに蓮にだけ行動させるのではなく、海路も行動する。そして今度こそ、光一の死を回避する。

できなかったら……その時は、蓮と海路の二人で責任を背負うのだ。もう、蓮だけに任せておけない。

「今度は絶対、蓮の圧に負けない」

風呂に入りながら、目先の目標を掲げて海路は決心した。

まずは話し合いをして、それでも蓮が今までどおり変わらないなら、こちらも好きにさせてもらう。その際、三月二十二日は実力行使になるだろう。

明日の話し合いについて段取りを考えながら、何度かスマホを確認する。

蓮からは変わらず、音沙汰がなかった。

「蓮の馬鹿」

明日会ったら、引っぱたいてやる。それくらい許されるはずだ。

こっちが死ぬほど嫌がっていたというのに、またも時間を巻き戻した。その上、自殺した海路の安否さえ気に掛けないのだから。

蓮の無関心さが恨めしかった。そのことを深く考えると、せっかく奮い立った心が再びしなびてしまいそうになるので、意識の外に締め出した。

「やっぱ、グーで殴ってやろっと」

着信のないスマホを眺めながら、海路はつぶやいた。

翌朝、海路は普段の登校日よりも早くに起床した。一本早いバスに乗るためだ。

この日はどうせ、母にいつもより十分早く起こされるのだけど、張り切っていて目が覚めた。

「あら、今日は早いじゃない。そろそろ起こそうと思ってたのに」

忙しい朝のひと手間がなくなって、母も機嫌がいい。朝ご飯を食べて家を出て、予定どおり一本早いバスに乗った。

五月七日、ゴールデンウィーク明けの今日、蓮はいつも光一と共に、海路が一本早いバスを下りるタイミングで登校する。

そこで蓮に声をかけ、話をつけるつもりだった。

授業はサボりだ。タイムリープ一日目からサボることになるけど、海路にとっては六回目、蓮に至っては九回目の授業だから、出なくても問題はない。

今は正直、学校どころではないのだ。自分と蓮と、そして光一の三人の未来がかかっているのだから。

蓮をどうやって連れ出すか、何から話すか、昨日のうちにさんざん考えた。

これまでの経験からして、蓮との話し合いは想定どおりにはいかないだろう。しかし、こちらは一歩も引くつもりはない。

八時五分、バスが高校前のバス停に到着した。海路はバスを降りて蓮の姿を探す。

数メートル先にすぐ、光一の背中が見えた。左足を少し引きずって歩いている。

良かった。生きてる。毎回のことだけど、いつもこの瞬間はホッとする。

ところが、彼は一人だった。隣にいるはずの蓮の姿が見えない。おかしいと思い、辺りを見回したけれど、どこにも見当たらなかった。

いったい、どういうことだろう。

「光一君」

海路はすぐさま早足で光一に追いつき、声をかけた。光一は振り返り、穏やかに微笑む。

「あれ、海路君。おはよう」

「おはよう。あの、蓮は?」

勢い込んで尋ねると、相手は驚いたように目をパチパチさせた。

「蓮?」

のんびり聞き返してくるので、少し焦れったくなる。

「蓮は一緒じゃないの? えっと、いつも一緒だから」

そこで光一はようやく合点がいったように、「ああ」とつぶやいて長いまつ毛を伏せた。

「一緒に帰ることはあるけど、行きは別なんだよ。蓮は朝弱いからギリギリで、僕は足がこの通りだから、早めに登校したいし」

光一は左足を叩いて言い、

「海路君も気にしないで、先に行ってくれていいよ」

と、明るい口調で付け加えた。海路は「急いでないから」と、かぶりを振りつつ、頭の中でこの予想外の事態について考えていた。

なぜ蓮は、光一と登校していないのだろう。

「二人はずっと、別々に登校してた？」

「え？　うん。始業式の時は一緒だったけどね。僕も気を遣われたくないから、蓮に別々に登校しようって言ったんだ」

一方的な質問をする海路に、光一は不思議そうな顔をしながらも、嫌がらずに答えてくれる。

同じクラスになった四月の始業式以降、ゴールデンウィーク前まで、蓮は光一と一緒には登校していなかった。

二人が揃って登校するのは、この五月七日、未来で光一の死を知った蓮がタイムリープをしてきた翌日が初めてだった。

海路は毎回、タイムリープするたびに今朝の二人の登校風景を目にしていたから、何となく以前から一緒だったのだろうと思い込んでいた。

それはわかったのだけど、しかし、今回の今朝に限って蓮が一緒でないのは、どうしたことだろう。

「あのさ、光一君。昨日、蓮が光一君ちに行かなかった？」

蓮は毎回、タイムリープで戻って来た日、連休最終日の五月六日に光一に連絡を取り、光一の家を訪問する。

恐らくは生存確認だ。海路が覚えている限り、すべてのタイムリープでこの行動は欠かさず行われていた。

「昨日？　ううん。来てないけど」

光一の返事に、疑問と不安が大きく膨らむ。

今回に限って、なぜ？

昨日、時間が巻き戻った時点で、いつも海路に来るはずの連絡もなかった。

なぜだ。蓮に何かあったのだろうか。連絡したくても、できない状況だった？

頭の中をぐるぐると、様々な想像が巡る。

「蓮に話があったの？」

「う、うん。ちょっと」

光一の質問に曖昧に答えながら、これからどうするべきか考える。

蓮に何かあったのだ。単なる心境の変化かもしれない。海路が目の前で橋から飛び降りたせいで、蓮も思うところがあったのかも。

でももし、始業時間までに蓮が学校に現れなかったら、家まで行ってみよう。

不安な想像が膨らむのをなだめつつ、光一と校門をくぐり、校舎に入った。

階段を上って三年生の教室に着くまでの間、光一と当たり障りのない会話をしたが、内容はろくに覚えていない。

教室に入ってすぐ、蓮の席へ目をやった。窓際の一番後ろだ。

席の前と脇にはクラスメイトが二人立ち塞がっていて、よく見えない。高山と高橋という、蓮のとり巻きの女の子たちだ。

取り巻きグループが解散した後も二人でつるんでいたので、三年の後半からは高高コンビという名前で呼ばれるようになった。当人たちはダサいと嫌がっていたが。

その高高コンビは、後ろの席を囲んでクスクス笑っている。男子生徒が席に突っ伏して寝ていた。

「マジで寝てんの？　つむじ触っちゃお」

「かわいー」

甘ったるい声とクスクス笑いに、海路はちょっと鼻白んだ。光一が隣でつぶやく。

「もういるね。珍しい」

笑いを含んだその言葉の意味が、一瞬わからなかった。光一は苦笑し、前の方にある自分の席へ向かう。

「今日は、なんでこんなに早いの？」

また、甘ったるい声が聞こえた。今度はそれに、不機嫌そうな男の唸り声が聞こえる。席に突っ伏していた男子生徒が、ガバッと跳ね起きた。

「うるせえな。母親に起こされたんだよ。いつもより早く」

蓮だった。怒ったような、でもどこかおかしみを感じさせる語調に、クスクスと女の子の声が重なる。

海路はびっくりして、教室の入り口に立ち尽くしていた。

蓮がいた。すでに学校に来ていた。海路や光一より早く。

なぜ、という疑問符が頭を巡る中、顔を上げた蓮がふと、こちらを見る。海路と目が合うと、彼は少し目元を和ませた。

「鈴木（すずき）、おはよ」

その微笑に、海路は怪訝を通り越して愕然（がくぜん）とした。

何が起こっているのかわからない。あの不愛想な蓮が、今日に限ってなぜこんなに明るく快活なのだ？

海路は、蓮が演技をしているのだと思った。どういうわけだか知らないが、蓮が明るく、以前の彼みたいに振る舞っているのだと。

海路は蓮に近づいた。高山と高橋が「何？」と、不機嫌そうに立ちふさがるので、彼女たちを乱暴に押しのける。

高橋が「痛ーいっ」と大袈裟（おおげさ）な声を上げたが、無視した。

「蓮。どういうつもり？」

蓮の前に立って彼を見下ろし、海路は言った。そんな海路を、蓮は驚いたように見上げる。

「え？　どういうつもりって、どういう意味？」

とぼけた口調が、馬鹿にされていると感じた。カッとなって、蓮の頬を引っぱたく。

バチン、と大きな音がした。

「やだ、何？」

「暴力とかサイテー」

後ろで高高コンビが声を上げる。蓮は呆けた顔をしていた。思い出したように、叩かれた頬に手をやる。

「とぼけるなよ。どういうつもりなのか、答えろよ」

海路は声を低くして、精いっぱいすごむ。目の前の男はすぐに演技を止め、いつもの調子に戻るだろうと想像していた。不遜で不機嫌な顔に戻り、こちらを睨み返してくるだろうと。

それでも、どんなに威圧的だろうと、今度こそ一歩も引くつもりはなかった。

「いや、マジで意味わかんないんだけど」

蓮は言った。驚き戸惑いながら、ここは怒るところなんじゃないか、というように、わずかな怒気を孕ませて海路を見上げていた。

本当に意味がわからない、という顔だ。海路は上から下まで、まじまじと蓮の姿を眺める。

これが演技だとは、とても思えなかった。そもそも、蓮は演技なんてしない。

——海路がよく知る蓮は。

「なあ。ほんとにわからない。俺、お前に何かしたか」

相手はそう言いながら、海路の顔を下から覗き込む。目が合ったので、海路も彼を見つめ返した。蓮はほんの一、二秒で、すいっと目を逸らす。

「あ……」

海路は息を呑んだ。唐突に思い出したからだ。

これは、以前の蓮だ。

タイムリープする前の蓮も、こんなふうに自分から目を合わせたくせに、こちらが見つめ返すと、ふいっと照れ臭そうに目を逸らした。

海路が別人のように感じたこの快活さ、明るさは、タイムリープ前の蓮のものだ。

「どういうこと？」

「それは俺が聞きたいよ」

海路の呆然としたつぶやきに、蓮は調子よく合いの手を入れる。海路の後ろにいた女子二人が「ほんとにな」「マジで何なん？」と、言葉を繋げた。

彼らに構っている余裕はなかった。海路はふらりと踵を返す。よろめくようにして蓮の前から去り、自分の席に座ろうとした。

間違えて、二学期の席替えの時の場所に座りかけ、クラスメイトから「そこ、俺の席なんだけど」と、言われてしまった。

教室を見渡してようやく、一学期の時の自分の席を思い出し、席に着く。

蓮を始め、教室にいるクラスメイトのみんなが自分を奇異の目で見ていたが、そんなことはどうでもよかった。

それより、今何が起こっているのかを考えることに気を取られていた。

海路は五回目のタイムリープをした。時間が巻き戻った先には当然、同じように未来から来た蓮がいるはずだった。

トリガーを引いたのは……海路が橋から飛び降りた後、花束を投げたのは彼なのだから。

(でも蓮は、戻ってきてない?)

そんなことがあるのだろうか。でもなぜ、今回に限って?

いつの間にか始業のベルが鳴っていたようだった。担任教師が教室に現れ、出欠を取る。

「皆さん、変わりないですか。毎年誰か必ず、連休中に出かけて怪我したり、体調崩す人がいるんだけど」

ホームルームの担任の口上は、毎度のタイムリープのそれと変わらない。

続いて一時間目の英語の授業が始まったが、これも変わらなかった。

教師の冗談も、問題を当てられる生徒も、その生徒がとんちんかんな回答をして教室が湧くのも、何も変わらなかった。

ここは海路がよく知る、いつもの二〇二四年五月七日だ。

五回目のタイムリープにして、六度目の高校三年生。飽き飽きして憂鬱で、死にたくなるくらいに繰り返した、いつもの五月七日。

なのに、何もかもが奇妙に感じる。

「先生ごめん。まだ黒板消さないでー」

教室の後ろで、蓮の朗らかな声が響いた。

午前中の授業が終わってすぐ、また蓮の席へ行った。もう一度、最後の確認をするためだ。

「蓮」

話しかけると、蓮は驚いたように目を瞬いて海路を見た。

「うん？」

「蓮は」

海路が言いかけると、また蓮が怪訝な顔をする。なぜかと考え、名前で呼んだせいだと気がついた。

そういえば、タイムリープを経験するまで、海路は蓮を「小宮山（こみやま）君」と、苗字で呼んでいたのだ。

昔すぎて忘れていた。でもこの際、呼び方なんてどうでもいいだろう。海路はためらいを捨て、言葉を続けた。

「昨日、何してた？」

「いきなり雑談？　なんだ、叩いたこと謝ってくれるんだと思ってた」

質問には答えず、蓮が茶化した口調で返す。海路もそれに応じず、「何してた？」と、繰り返した。

「昨日？　俺を叩いたことと、何か関係あるのか？」

蓮は言って、わずかに苛立った表情を浮かべる。本気で苛立っているというより、海路を威圧するためのものだろう。相手をビビらせて、この場の主導権を握ろうとする仕草だ。

きっとタイムリープする前の、ゴールデンウィーク以前の海路だったら、それだけで怖くて目を伏せてしまったはずだ。そもそも、「小宮山君」にいきなり話しかける勇気なんて、昔の海路にはなかった。

でも今、こうして過去の蓮を見ると、どこか子供っぽいと感じる。

年相応と言うべきなのかもしれない。海路が良く知るタイムリーパー「ブラック蓮」は、ひどく冷めて大人びていて、十八歳には見えなかった。

海路が怯(ひる)むことなく見つめ返すと、蓮は鼻白んだように顎を引き、それからふい、と目を逸らした。うなじの辺りに手をやる。

「昨日は、昼過ぎまで家で寝てたよ。夕方から中学の時の友達と会ってた」

これでいいか？　というふうにこちらを見上げる。

「ありがとう」

海路はうなずいて、そのまま踵を返した。

そうだ、わざわざ確認しなくたってわかっていたことだ。彼は蓮じゃない。蓮だけど蓮じゃない。

どうして、という言葉が頭の中を回っていた。どうしてこんなことになったんだろう。

海路がよく知る蓮は、どこに行ってしまったのだろう。橋から飛び降りた後、何があった？ 飛び降りたりしなきゃよかった。でもあの時は、海路も追い詰められていて、ぐちゃぐちゃのボロボロだったのだ。ああする以外の行動を思いつかなかった。

混乱する頭で教室を出た。昼休みでごった返す廊下を歩いたが、どこに向かうわけでもなくただ歩いていた。一人で考えたいと思っていた。

「待てよ。おい、待てったら」

不意に、背後でそんな声がしたかと思うと、誰かに二の腕を掴まれた。

後ろに引かれ、その力の強さに転倒しそうになる。バランスを崩したところで、背中を支えられた。

「おっと、悪い」

蓮だった。追いかけてきたのだ。その理由はわからなかったが、それもどうでもよかった。

今はそれどころではないのだ。

タイムリープに、海路だけが戻って来てしまった。これからのことを考えなくてはならない。

「何?」

ややぞんざいな口調になってしまった。目の前の蓮が、幼く無邪気に見えて、それで少し苛立っていたのかもしれない。

蓮はそんな海路の態度に、少し怯んだ。一度、目を逸らして口をつぐんでから、また視線を上げる。今度は挑戦的な目をしていた。

「まだ、謝ってもらってないんだけど」

何のことかと考えて、今朝、蓮の頬を叩いたことを思い出した。

彼は何も知らないのだ。腹が立つけど、それは事実だ。

そう思ったので、海路はぺこりと頭を下げた。

「ごめんなさい」

顔を上げると、戸惑った顔の蓮がいる。周りにいた生徒たちが何事かとこちらを見ていて、蓮は一瞬、そうした周囲の目を気にするように視線をぐるりと巡らせていた。

こういうところも、「ブラック蓮」と違う。彼は周りの目なんて気にしなかった。海路も今は気にならない。

再び歩き出そうとすると、「ちょっ、待てって」と、蓮は慌てた様子で海路を引き留めた。

「お前、今日、なんか変じゃない？」

その言葉を聞いた時、既視感と懐かしさを覚えた。

タイムリープをする以前、まだ何も知らなかった時、海路も蓮に対してそう思ったのだ。今日の蓮は、何かがおかしいと。

あの時、海路が蓮に対して覚えた違和感を、今は蓮が海路に対して感じているわけだ。

「そうだね。ちょっと変かもしれない」

でもそのうち、気にならなくなる。今までと同じように。

ゴールデンウィーク明けはいつもみんな、蓮が人が変わったように寡黙になったことに驚くのだ。でもやがて、物静かで不愛想な彼がデフォルトになり、ゴールデンウィークを境に急な変化があったことさえ忘れがちになる。

今回は人が変わったのが海路だけだったので、クラスで問題にもならなかった。

これが陽キャと陰キャの差か……なんて皮肉に感じてしまうけど、目立ちたいわけではないからこれでいいのだ。

「いきなりぶってごめんね。それじゃあ」

どこかへ向かって歩きかけて、ふと考えて向きを変えた。驚いた顔で立ち止まっている蓮の脇をすり抜け、教室へ戻る。自分の席にある鞄を取ってすぐ教室を出ると、蓮も戻って来たところだった。

「何やってんの？」

鞄を持った海路を見て、蓮が尋ねてくる。教室の戸口は彼が塞いでいた。

蓮は海路に興味などなかったはずだ。記憶にある限り、ゴールデンウィーク前に蓮から話しかけられたのは、始業式の朝と、ゴールデンウィーク前の体育の授業だけだった。なのに、今日に限ってどうしてこんなに絡んでくるんだろう。

海路はこのまま、学校をサボるつもりだった。高校三年生もこれで六度目だ。今さら授業を受けなくても、テストでそこそこの点は取れる。出席日数さえ足りていればいい。

それより今は考えたかった。

一人になって、これからどうすればいいのか。どうするべきなのか。どうして一人になったのかも。

「お弁当。いつもF組で、部活の友達と食べるんだよ」

愛想笑いを浮かべて答えると、蓮は横にどいてくれた。海路は「どうも」と言って教室を出る。F組の教室とは反対の方向へ廊下を歩き出した。

鞄を持って校舎を出ても、昼休みだからか誰も気にしない。

教師に見咎められることもなく校門を出て、バス停へ向かおうとしたところだった。

「弁当食ってねえだろ」

蓮の声がしたので、びっくりして振り返った。蓮はそれに、ニヤッと笑う。肩には通学鞄を掛けていた。

「俺もサボろっと」

正直に言って、鬱陶しかった。思わず顔をしかめる。蓮はそれを見てなぜか、楽しそうにハハッと笑った。

バス停まで行き、海路がバスに乗ると、蓮もそれに乗り込んできた。

海路が一人用の席に座ると、彼はその後ろに座る。

わけがわからない。海路はバスに揺られながら、ずっとイライラしていた。早く一人になって考えたい。

最寄りのバス停の二つ前で降りたのは、家に帰る前に蓮を撒きたかったからだ。

海路が降りると、蓮もバスを降りた。

「どこまで付いてくるんだよ」

睨んだが、相手は笑うばかりで答えてくれない。こういうところは蓮だなと、腹を立てながら思った。都合が悪くなると黙る。表情を変えて誤魔化すのだ。

「光一君は？　放っておいていいわけ」

苛立ってなおも追及すると、蓮は「光一？」と、怪訝そうに首を傾げた。

「どうしてここで、光一が出てくるんだ？」

「どうして、って」

海路は言葉に詰まった。それくらい、蓮が光一と一緒にいるのは当たり前だったからだ。

「始業式からずっと、いつも二人で一緒にいたでしょ」

「ああ、まあ。けど別に、ずっと一緒ってわけじゃないけどな」

「帰りも、一緒に帰ってるじゃん」

「だから最初だけだって。最近は一緒じゃない」

「最近？」

蓮は小首を傾げ、どうして海路がそれほどこだわるのかわからない、という仕草をした。

「最近……連休に入る前、か。別々に帰ろうって言われたんだよ、光一から」

「光一君から？　光一君が言ったの？　どうして？」

海路は驚いた。そんな話は聞いたことがなかった。初耳だ。

でも考えてみれば、蓮は自分と光一の話をほとんど海路にしたことがなかった。ゴールデンウィーク前の二人の関係がどんなだったかなんて、これまでのタイムリープでほとんど話題に上ったこともない。

そう、本来であれば、光一と蓮が一緒に帰ろうが別々であろうが、海路には関係ないはずだ。

それなのに驚いて矢継ぎ早に質問してくるのが、蓮には不思議でおかしく思えるようだった。

「すごい食いついてくるな」

苦笑しつつ、その目は海路の真意を探るようだった。

「どうしてって、一人のほうが気楽なんだろ。足のことで周りに気を遣うのも、気を遣われるのもしんどいからな。あと、それとは別に、高山たちと肌が合わないってのもあるかもな」

なるほど、と海路は納得した。

今朝も光一は、並んで歩く海路に、先に行ってくれていいよ、と声をかけた。

お互いに気を遣いながら歩くより、自分のペースで歩けるほうが気楽だというのは、海路でも理解できる。

それと、高山たちと肌が合わない、という話も。蓮とは子供の頃から一緒にいて仲がいいけれど、その取り巻きたちとはあまり、合わないのだろう。

新学年が始まった当初は、蓮が留年した光一を気遣って何かと構い、光一もその気遣いを受け取って二人で行動していた。

それから一か月が経ち、新しいクラスに慣れて、今は自分が過ごしやすい人間関係へ移行する頃なのだろう。

「納得した?」

いたずらっぽく、蓮が覗き込んでくる。海路はうなずいて、

「したけど。蓮はいつまで付いてくるの？　っていうか、なんでこんなに俺に絡んでくるの」

カーストトップの蓮が、底辺の陰キャに絡んでくる理由がわからなかった。

軽く睨むと、蓮は「マジで言ってんの？」と、呆れた顔をした。

「俺はまだ、いきなり叩かれた理由を聞いてないんだけど」

そうだった。あの時は、まさか蓮が戻ってきていないなんて思わなかったからだが、ごめんなさいの一言だけでは納得がいかないだろう。だからといって、馬鹿正直に本当のことを言うわけにもいかない。

海路はため息をついた。そのまま歩き出す。蓮が何かぼやきながら付いて来る。

この辺りは自宅の近所なので、どこに何があるかよくわかっていた。しばらく歩くと公園があった。

公園と言っても、テニスコート一面分くらいの小さな緑地とベンチが一つ、あるだけだ。遊具もないので、子供が遊びに来ることも少ない。今も公園には誰もいなかった。

海路はまず、公園の向かいにポツンとある酒屋に向かった。店頭の自販機で炭酸飲料を二本買って公園へ行く。

蓮は黙って後を付いてきた。海路が公園のベンチの前で炭酸飲料を渡すと、素直にそれを受け取る。

「お詫び。いきなりぶってごめん」

「謝罪はさっき、してもらったけど」

言いながら、蓮はどっかりとベンチに腰を下ろした。ペットボトルの蓋（ふた）を開け、ジュースを飲む。海路も隣に座って、同じように蓋を捻（ひね）った。

ジュースを飲みながら、言い訳を考えようと思ったのだ。いわば時間稼ぎである。

でも、何も思いつかなかった。

「鈴木（すずき）……いや、海路でいっか。いいよな？　海路。今朝のあれ、何だったんだ？」

悩んでいる間に、蓮に先に問い質（ただ）されてしまった。

「今朝のっていうか、ずっと変だよな、お前。さっきも言ったけどさ。別人みたいだよ」

うん、と海路はうなずく。それ以外に、返事のしようがない。

タイムリープを繰り返していて、高校三年も六度目だからです、なんて言えるはずがない。

どうすればいいのだろう。今後のことも、どうしてこうなったのかもわからない。そのことを考えたくて学校をサボったのに、蓮が付いて来る。

「なんで？」

海路が答えないことに焦れたのか、蓮は質問を重ねた。

「それとも、気づかないうちに俺、お前に何かしてた？」

海路は黙ってかぶりを振る。ごめん、と謝罪をつぶやいた。適当な嘘をつきたいのに、その嘘が思いつかない。どう言えば、蓮は納得してくれるんだろう。

「ごめん。今朝はイライラしてたんだ。なんとなく……ムシャクシャして」

他に言い訳が思いつかず言う。隣でフッと笑いが漏れた。

「ムシャクシャして、ってお前。通り魔かよ」

「ごめん」

いいけどさ、と小さく言い、蓮はジュースを飲む。

「俺の前に立った時、すごく思い詰めた顔してたから。何かあったのかって、心配になったんだよ」

海路は思わず蓮を見つめてしまった。それで、追いかけてきたというのか。ただのクラスメイトを心配して？

「なんか蓮……優しい、ね？」

「なんで疑問形なんだよ」

すかさずツッコまれ、「だって」と言い訳する。だって、あまりに違いすぎる。

「俺はわりといつでも、親切なつもりだけど」

冗談めかして彼は言った。海路が知る蓮なら、こんなこと言わない。

――自分が嫌な奴だって自覚はあるよ。昔も今も。

不意に、蓮の言葉を思い出す。あれは、何回目のタイムリープの時だっただろう。

文化祭の準備の時だった。二人でいつものように、コンビニに買い出しに出かけて。

あの時、彼はどんな顔をしていた？　いつも疲れて倦んだ表情を、柔らかく和ませてはいなかっただろうか。

未来を見てきた蓮は、自分を嫌な奴だと言う。海路も彼を、冷たい、身勝手な人だと心の中で何度も詰った。でも、本当にそうだろうか。

今の蓮が言うとおり、彼は本来、親切だった。

一年の時、傘を盗られて困っていた海路を助けてくれたのもそうだ。

文化祭の準備で、一人買い出しに行かされる海路に、「息抜き」と称して毎回、付いてきてくれる。

「……海路？」

隣で大きく目を瞠る蓮の顔が、涙でぼやけた。海路は慌ててうつむいた。

感情が制御できず、とめどなく涙がこぼれる。隣で驚いたように息を吞むのが聞こえて、よく考えないまま、ごめん、と口にした。

今すぐ、蓮に問い質したい。どうして何もかも、一人で背負おうとしたのか。彼は海路に、何もさせてくれなかった。

光一のことが好きで、誰にも邪魔されたくなかったからだと、理由付けしたことがある。

でも本当に、そんな理由だったんだろうか。

彼と話がしたかった。今朝までは、それが当然できると思っていたのに。

蓮がいない。海路が好きだったあの人は、どこかに行ってしまった。死ぬはずだった自分だけが時を遡(さかのぼ)り、何も知らない蓮が今、隣にいる。

どうすればいいのかわからない。混乱する頭でわかるのは、ただ会いたい、ということだけ。

もう一度、あの人に会いたい。会って尋ねたい。

あなたは本当は、何がしたかったのか、と。


海路が黙って泣いている間、隣の蓮は何も言わず、聞かなかった。黙って海路が泣き止むのを待っていてくれた。

「落ち着いたか?」

涙がようやく止まり、ずび、と鼻を鳴らしていると、蓮が鞄から取り出したポケットティッシュをくれた。

「あ……ありがとう」

海路はティッシュもハンカチも持っていないので、助かった。勢いよく鼻をかんで、残ったティッシュを返そうとしたら、そのままやると言われた。

「まだ、いくつも持ってるから」

言って、自分の学生鞄の外ポケットを叩く。ずいぶん用意がいい。なんだか意外だな、と思って鞄を見ていたら、「意外か？」と聞かれた。

「う、うん」

「よく言われるんだ。エチケットとか気にしなそうだって」

明るい口調で言う。なんで泣いてたんだ？　なんて聞かない。でも、相手に興味がないというわけではなくて、気遣いなのだとわかる。「ホワイト蓮」は優しい。

「下の弟の面倒見てたせいか、ティッシュとかタオルハンカチ持ってないと落ち着かないの」

「そういえば、弟さんが二人いたって聞いたことがある。まだ小さいの？」

中学時代に父親を亡くして母子家庭、二人弟がいるというのは、噂で聞いて知っている。

しかしそういえば、これまで蓮から家族の話を聞いたことがなかった。

何度目かのタイムリープで、蓮と光一と学校での行動を共にしていたことがあるが、蓮はほとんど自分のことを話さなかった。

「上は三歳差だけど、下は一周り違う。今、五歳」

「小さいね。可愛い？」

そう尋ねたのは、それほど年の違う兄弟がどんなものか、想像できなかったからだ。蓮は思ってもみないことを聞かれた、というふうに、首を傾げた。

「かわ……いくなくはないけど。どうかな。毎日ギャーギャーうるさい。まあ、だいぶ人間らしくなって、前よりましになったけど。うちが母子家庭だって、海路も知ってるだろ？」

　唐突に話を振られて、戸惑いながらもうなずいた。

「俺が中三の夏に、親父が病気で急死したんだ。なんの予兆もなく、突然でさ。下の弟はまだ二歳、俺も上の弟も翌年は高校と中学に進学するってタイミングで、母親は育児のために休職中。これからどうすんだって家族で大混乱だったよ」

　育ち盛りの子供三人を残して、父親が急死したのだ。父親が亡くなって悲しかっただろうが、不安も大きかったに違いない。

「まあ、最終的にどうにかなったんだけどな。母親が一番大変だったから、俺が必然的に下の面倒を見なきゃならなくて」

「大変だったね。高校受験前だったのに」

　相手の気持ちを慮(おもんぱか)って海路が言うと、蓮はにこっと陽気な笑顔を見せた。

「まあ、そっちは今思えば、ラッキーだったかな」

「ラッキー？」

「そう。バスケで推薦の話が出てたんだ。ちょっと遠くの高校から。無理すれば通えなくもないけど、寮生活になるだろうっていう距離の」

「すごいじゃない」

　これも噂で聞いたことがある。本当の話だったのだ。スポーツ推薦なんて、海路には無縁すぎてよくわからないが、よほど優秀でないと受けられないのではないだろうか。

「噂では聞いてたけど。ほんとにすごい選手だったんだね」

海路が感心して言うと、蓮は少し真顔になり、「いや、そうでもないよ」と素っ気ないとも感じられる口調で返した。

「たまたまだよ。たまたま試合で活躍する機会があって、たまたま俺が目立ってただけ。俺より上手い奴なんて、日本中にいくらでもいるって、中学に入った時からわかってたからな。でもなんでか、バスケ部員の保護者たちが盛り上がっててさ。俺のファン、みたいなこと言うお母さんもいて」

「自分の子も、同じバスケ部なんだよね？」

「そ。息子もバスケ部なのに。俺の成長が早かったせいか、老け顔のせいかもな。小六で社会人に間違えられてたし。なんかアイドルっぽく思えたんじゃねえの？　わかんないけど」

蓮が老け顔だと感じたことはなかったけど、そう言われれば確かに、高校に入って初めて蓮の姿を見た時、海路もすごく大人びてるなと思ったものだ。

でも、同級生の保護者からアイドルっぽく扱われるのは、どんな気持ちなのだろう。想像してみて、あまり嬉しくはないかなと思った。

「そんなんで、試合でちょっと活躍すると大袈裟に騒がれてた。この子は才能がある、私たちが最初に見出した！　みたいな。俺は俺自身が大して才能ないってわかってたからな。もちろん、プロになる夢もなかった。趣味で楽しめればいいかなって程度で」

「それでも、推薦をもらったんだ」

保護者はともかく、バスケ部の指導者や、推薦を出した高校の担当者の目は、節穴ではないはずだ。やはりそれなりの選手だったのだろう。

「ありがたい話なんだろうけど、そこまでしたくないなって思った。でも部のメンバーも監督も、特に保護者は盛り上がってて断りにくいしさ。両親は、周りに忖度するなって言ってくれたけど。で、そんな時に親父が死んだ。経済的に差し迫ってたわけじゃないけど、幼い弟を残して寮生活はしたくないって言える状況になった」

それでラッキーだった、というわけだ。

「ちょうど一個上の光一が近場の都立に入って、そこが偏差値もそこそこで、雰囲気もいい感じだって言うから、俺もそこを受けることにしたわけ」

「偏差値そこそこ……俺、高校受験はものすごく頑張ったんですけど」

海路が不貞腐れた顔をして見せると、蓮は「ごめん」と謝って、おかしそうに笑った。

「いいよ。光一君も蓮も、成績いいもんね」

「光一は別格だよ。まあ、あそこの家はみんなおかしいくらい頭がいいんだけど」

ああ、と海路もうなずいた。これも聞いたことがある。

「お兄さん、ハーバード大関連の医療機関なんだっけ」

医者の一族だと言っていた。記憶の奥にあった情報が浮かんできて、特に考えもせず口にしたのだが、すぐに失敗だったと気づいた。

「そんなこと、どうして知ってるんだ？」

蓮が笑いを消し、訝しげにこちらを覗き込む。誰でも知っている情報だと思っていたが、そうではなかったようだ。海路は慌てて言いわけをした。

「え？　あの、噂で聞いた、ような？」

本当は、昼休みに本人の口から聞いたのだが、時間が巻き戻ったこの世界では、そんな事実はない。そう言う以外になかった。

しかし、これは悪手だったようだ。蓮の目が鋭くなった。

「光一の兄貴の勤め先が変わったのは最近のことだし、光一はそのことを吹聴することもない。他人で知ってるのは、俺やうちの家族だけだと思ってたけど」

いつかのタイムリープで光一が話してくれたあれは、実は貴重な情報だったようだ。

「追及するのはやめようと思ってたけど、やっぱり怪しいよ。今日のお前」

「え、そ、そうかな」

「俺のこと蓮って、名前呼びなのもそうだし。以前のお前はもっと、なんていうか大人しかった。俺の目を真っすぐ見つめたりしなかった。すぐ目を逸らしてただろ」

「そ……」

そんなことない、とか、それは蓮のほうだろ、と言いかけて、口をつぐむ。今は何を言っても墓穴を掘ってしまいそうだ。

上手い切り抜け方が見つからないまま、目を逸らす。蓮が畳みかけた。

「……お前、誰なんだ？」


固い声音に、腹の底がひやりとした。何と答えるべきか。

「海路は、双子なの？」

続けて聞かれて、は？　という声が自分の口から漏れた。

「姉ちゃ……姉がいるだけだけど」

「姉ちゃん、て呼んでるんだ？」

蓮は鋭い目つきはそのままに、ニヤ、と笑う。海路は恥ずかしくて、相手を睨んだ。

「何の話？」

「お前が別人みたいだって話。急に大人びたっていうかさ。年相応になった。お前、高三なのに中三みたいな雰囲気だっただろ」

「そ、そうなの？」

そんなに子供っぽく見られていたなんて、ショックだ。愕然としていたら、蓮はおかしそうに顔を歪めた。

「そういう反応は変わらないけど」

「……俺のことなんて、よく知らないくせに。ほとんど話したこともないじゃない」

海路が言い返すと、「そうだけど」と言いながら、まだおかしそうな顔をしている。何がそんなにおかしいのか。

「確かに、話したのはほんの一、二回か。でも、お前のリアクションって独特だから」

「独特……」

どんなふうに独特なのだろう。気になったが、蓮は説明してくれなかった。

「一年の頃、傘を盗られて泣きそうになってた時、あったよな」

「覚えてたんだ」

海路にとっては忘れられない出来事だ。でも、本人は忘れていると思っていた。

意外に思い、またちょっと感激もしたのだが、すぐさま「いや、忘れてた」と返されたので、がっくりきた。

「すぐに忘れて、先月の始業式の時に思い出したんだ。お前と挨拶したよな？　あの時。三年になっても、キョドっててちっとも変わんねえな、って」

「ひどい」

めちゃくちゃディスってくる。もしかして、今朝、海路が叩いた腹いせだろうかと思ったが、そういうことでもないらしい。

海路が恨めし気に睨むと、蓮はクスクス楽しそうに笑う。それからふと、笑うのを止めた。

「なのに今日は、俺にも高山たちにも怯まなかった。真っすぐ俺のところに来て、いきなり殴った」

「……ごめんて」

「かと思えば、学校サボって早退するし。誰だって気になるだろ」

「それで、ウザ絡みしてきたんだ」

ぽろっと本心が出てしまった。蓮は軽く目を瞠り、かと思うとまた、おかしそうに笑い出した。

「ほら、そういうとこだよ。前の海路は、俺に言い返したりしなかったじゃん」

「俺は俺だよ。双子の片割れじゃない」

ただ、未来から来ただけ。ほんの五回ばかりタイムリープを繰り返して、六度目の高校三年生をやり直しているだけ。

何と言い訳すればいいのだろう。どうすれば蓮の気が済むのか。

タイムリーパーの蓮と打って変わって、今の蓮は海路に興味津々(しんしん)だ。

そこまで考えて、はたと気づいた。

目の前にいる蓮に目をやる。相手は真っすぐ見つめる海路の視線にちょっと怯み、目を逸らしかけ、やがて先ほどの自分の発言を思い出したのか、正面から見つめ返した。

やっぱり、と海路は確信した。蓮は今、いつになく、海路に興味を持っている。

そうでなければ、ここまで付いてきたりしないだろう。朝一番にぶたれたのが、よほど衝撃だったと見える。

今なら、蓮は海路の話を腰を据えて聞いてくれる。それがどんなに突拍子もないことでも、取りあえず耳を貸すくらいはしてくれるはずだ。

海路は目まぐるしく思考を巡らせた。

タイムリーパーの蓮はもういない。二度と会えないのか、なぜこんなことになったのか、わからないことだらけだけど、とにかく今、ここにはいない。

だから海路は、自分だけでこれからのことを考えて決断しなくてはならない。

これからのこと。一つは、タイムリープを終わらせる。

もう一つは、光一の命を救う。

トリガーは蓮が持っていたから、どのみちタイムリープはもうできない。たぶん、そのはずだ。

海路が花束を投げても、タイムリープできるのかもしれない。

でも、海路も時を駆けられたとしても、思っていた過去に戻れる保証はない。試すにはあまりにリスクがありすぎる。

それならば、今回が最後のタイムリープになる。

光一を救えるチャンスは、今回限り。そして、未来を知る蓮はここにいない。

海路だけで光一を救わなくてはならないのだ。できるのだろうか。いつ死ぬのかわからないクラスメイトの動向を監視し、危険を察知して救うことが。……仲のいい蓮でもできなかったのに？

さらに今現在、海路は光一と特に仲がいいわけではない。単なるクラスメイトの一人だ。

これから仲良くなって、彼と四六時中、行動を共にしたり、相手の行動に意見をしたりできる関係を築かなくてはならなかった。

できるなら、光一に事情を話して、本人にも協力をさせたい。何しろ、いつ死ぬのかタイミングがわからないのだ。周りが気をつけるばかりでは限界がある。

そういうことを、今回のタイムリープで蓮に相談したかったのだが。

とにかく、チャンスは今回だけなのだ。できる対策はぜんぶやりたい。たとえ、頭がおかしいと思われても。

素知らぬふりをして一年を過ごす、という選択肢もあった。

光一が死ぬ未来を知っているのは、この世界では海路だけなのだ。他に誰も、未来を知らない。

海路が何もしなくても、咎められることはない。でもきっと、何もしなかったら後悔するだろう。それこそ一生、罪悪感を背負うことになる。

それに、と海路は、目の前の蓮を見ながら思った。ここにはいない蓮のために、光一を助けたい。海路はやっぱり蓮のことが好きで、好きな人の好きな人を助けたかった。もう、彼には会えないであろうからこそ。

「蓮」

まずは蓮の信頼を勝ち取ろう。彼の協力があれば、光一との距離を詰めやすくなる。

「蓮、あのさ」

意を決し、海路は蓮を見る。蓮は一瞬、飲まれたように軽く身を引き、それから「うん」と返事をした。

海路は蓮の目を見つめながら、頭の中で忙しなく考える。どうすれば蓮を仲間にできるだろう。今すべて話す？　いや、今はまだ、さすがに無理だ。もっと段階を踏まなくては。

「どうして蓮をぶったのか、俺が変わった理由も話す」

蓮は、ぱちぱちと大袈裟に瞬きして見せ、「うん」と返事をした。聞くよ、というふうに口元に微笑みを浮かべる。

コミュニケーションに慣れた、物柔らかなその態度が、あまりにも以前の蓮と違っていて、逆に彼を想起させる。海路は唇を嚙(か)み、言うべき言葉を頭の中で組み立てた。

「ぜんぶ話すけど、それは今じゃない。今度の中間テストの後にする」

「中間？　一か月近く先だな。別に、それは構わないけど」

蓮は言い、肩をすくめた。そんなに先延ばしするほど深刻な話か？　と言いたいのだろう。

「そのかわり」

「おいおい、交換条件かよ。殴られたの、俺なんだけど」

「そのかわり、俺が光一君と仲良くなるのに協力して」

おどけた蓮の表情が、不意に固くなった。柔らかく和んでいた双眸(そうぼう)が、探るような鋭いものになる。一瞬で警戒心を抱いたのが明らかで、過去の蓮はとてもわかりやすい。

「光一君と友達になって、彼が信頼してくれるくらい仲良くなりたいんだ。一緒に遊びに出かけたり、お互いのスケジュールを教え合うくらい」

「どうしてかって、聞いてもいいか？」

「それも中間テストが終わってから話す。何なら協力するのも、中間テストの後で構わない。俺の話を聞いてからでも」

海路はきっぱり言った。蓮は鼻白んだ顔になる。こちらを覗き込むのを止め、距離を取るようにベンチの背もたれにもたれるのを見て、海路は焦った。

「言っとくけど、別に光一君に片想いしてて仲良くなりたいってわけじゃないからね」

片想い、という単語に、蓮は軽く目を瞠った。

「光一君のことは、そういう意味で好きなんじゃないよ。いい人だと思うけど。……蓮のこと、邪魔したりしない」

あえてきっぱり、そう言った。蓮の光一への想いに気づいている、そう伝えるためだ。

この頃の蓮は、海路が蓮の片想いに気づいていることを知らない。それについて海路が初めて言及したのは確か、文化祭の準備をしていた時のことだ。

今の蓮にとっては予想外の指摘だし、ショックだろう。秘めていた恋を、いきなりクラスメイトに暴かれたのだから。

蓮は驚愕の表情を浮かべ、全身を強張らせて海路を見た。何秒かかけてまじまじと見つめた後、大きなため息をつき、片手で自分の髪をかき交ぜた。

「俺、光一にそんなわかりやすい態度、取ってた？」

海路はだまってかぶりを振る。海路が気づいたのは、もっとずっと後になってからだ。

蓮が光一の未来を知り、周りの目など気にせず彼に寄り添い守るようになってから。

「同類だからわかるって言ったら、納得する？　つまり、蓮と同じこっち側の人間だからって言ったら」

こっち側、というのは、蓮が使っていた言葉だ。海路が気安い口調で言って上目遣いに見ると、蓮も大袈裟に眉を引き上げてみせた。

「納得する、かな？　まあいいや。それもぜんぶ、後でまとめて教えてもらうってことで。その代わり俺も、協力するのは中間テストの後、お前の話を聞いてからだ。それでいい？」

海路はホッとした。こくこくと何度もうなずく。

「うん。ありがとう」

謂れもなくビンタしたのに、不可解なお願いを聞いてくれた。ありがたいことだ。

海路が感謝の念を込めてお礼を言うと、相手ははにかんだ表情で「どういたしまして」と言い、それから小さく笑った。

「やっと、元のお前っぽくなったな」

目元が和んでいて、優しい。それは海路が良く知る蓮の表情にも似ていて、不意に胸が苦しくなる。

もう、二度と会えないのだろうか。

太陽みたいに朗らかなかつての蓮を見つめながら、海路はまたも、別の蓮のことを考えていた。

# あとがき

こんにちは、初めまして。小中大豆と申します。

今作は現代モノのタイムリープネタとなりました。まさかの上下巻。読者様が下巻まで付いてきてくださることを願って、震えながらあとがきを書いております。

そして、主人公二人は男子高生。学園モノ！　高校生が主人公のお話を書くのは、デビュー前の投稿作（その後、文庫にしていただきましたが）以来で、なんと純粋な商業誌としては初めてなのでした。

最初は令和の高校生という設定に怖気づき、大学生とか社会人にしようかなと思ったのですが、ストーリー的にやはり、あの限られた空間と年月を舞台にしたほうが良いなと考えて、今作に至りました。

昨今では大学受験も多様化していますし、授業もタブレットやプロジェクターを導入する学校も増えてきたそうなので、自分の高校時代の記憶がまったくあてにならず。そもそもその記憶も薄れがちですし。

お話もどんどん長くなって、各方面にご迷惑をおかけしました。

イラストを担当していただいた笠井あゆみ先生におかれましては、そんなご迷惑をおかけしている中で、素晴らしいイラストで今作を盛り立てていただき、心から感謝しております。

わたくし事ながらハーフアップ攻が性癖でして、今回は笠井先生の絵でハーフアップ攻が見られたので、ラフを見て悶絶した次第であります。

笠井先生、本当にありがとうございました。

担当様には、現在進行形でご苦労をおかけしております。


そして最後になりましたが、ここまで読んでいただいた読者の皆様に、感謝申し上げます。

下巻に続いて申し訳ありません。二か月連続刊行、かつ、ここからまたさらに盛り上がる予定ですので、どうかなにとぞ、来月発売の下巻もよろしくお願い致します！

小中大豆

この本を読んでのご意見、ご感想を編集部までお寄せください。

《あて先》〒141－8202　東京都品川区上大崎3－1－1　徳間書店　キャラ編集部気付
「3月22日、花束を捧げよ㊤」係

【読者アンケートフォーム】
QRコードより作品の感想・アンケートをお送り頂けます。
Chara公式サイト http://www.chara-info.net/

Chara

# 3月22日、花束を捧げよ㊤……………………【キャラ文庫】

■初出一覧
3月22日、花束を捧げよ㊤……書き下ろし

2024年6月30日　初刷

著者　小中大豆
発行者　松下俊也
発行所　株式会社徳間書店
〒141-8202　東京都品川区上大崎3-1-1
電話　049-293-5521（販売部）
03-5403-4348（編集部）
振替　00140-0-44392

印刷・製本　株式会社広済堂ネクスト
カバー・口絵　佐々木あゆみ
デザイン



ISBN978-4-19-901136-8

# 小中大豆の本

好評発売中

## 「鏡よ鏡、毒リンゴを食べたのは誰？」

イラスト✦みずかねりょう

売れない元子役のアイドルが、一夜にしてトップモデルへ転身!?　クビ寸前の永利を抜擢したのは、完璧主義の天才写真家・紹惟。彼のモデルは代々『ミューズ』と呼ばれ、撮影中は一心に紹惟の寵愛を受ける。求めれば抱いてくれるけれど、冷静な態度は崩さず、想いには応えてくれない。深入りして、疎まれるのは嫌だ…。そんな思いを抱えたまま、十年——。恐れていた、新しいミューズが現われて…!?

# 小中大豆の本

好評発売中

［鏡よ鏡、お城に隠れているのは誰？］

鏡よ鏡、毒リンゴを食べたのは誰？2

イラスト✦みずかねりょう

今をときめく売れっ子俳優が、連ドラの主役に大抜擢!!　多忙な天才写真家で恋人の紹惟とも、甘い同居生活を満喫中。一見順風満帆だけれど、内心は失敗できない重圧と不安で押し潰されそうな永利。しかも準主役の相棒役は、二世俳優の問題児・十川迅。二年前、傷害事件を起こして謹慎していた年下の男だ。初対面から永利を睨んできた十川は、なぜか敵意を隠さず、挑発するように絡んできて!?

# 小中大豆の本

好評発売中

## ［行き倒れの黒狼拾いました］

イラスト✦麻々原絵里依

異国のオオカミの獣人×老舗大店の若旦那――
恋の花咲くお江戸浪漫!!

垢じみて小汚い狼の獣人が、食い逃げしようとしたらしい!?　退屈しのぎと好奇心で、助けてやった老舗大店の若旦那・夢路。天性の商才と勘を持つ夢路は、磨けば光る逸材のクロに一目惚れ。「行くところがないなら、私の下で働いてみないか?」夢路の美貌に見惚れ、一晩誘ったら夢中で貪るひたむきさと若さが、新鮮で心地よい。けれど、元は裕福な出自らしい男前は、夜中に時折魘されていて…!?

# 小中大豆の本

好評発売中

## ［気難しい王子に捧げる寓話］

イラスト◆笠井あゆみ

「薔薇の聖痕」を持つ王子は、伝説の英雄王の生まれ変わり――。国中の期待を背負って甘やかされ、すっかり我儘で怠惰な暴君に育ったエセル。王宮内で孤立する彼の唯一の味方は、かつての小姓で、若き子爵のオズワルドだけ。宰相の地位を狙う野心家は、政務の傍ら日参しては甘い言葉を囁いてくれる。そんな睦言にしか耳を貸さないエセルの前に、ある日預言者のような謎めいた老人が現れて!?

# 小中大豆の本

好評発売中

「十六夜月と輪廻の恋」

イラスト✦夏河シオリ

山間（やまあい）の田舎に引っ越した途端、見るようになった不思議な夢。着物姿の子供に、「山に入ってはならん！」と繰り返し忠告されるのだ。そこは、通称「呪いの山」と地元で恐れられているが、小説家の梗介（きょうすけ）は気になって仕方がない…。切なさと懐かしさに引かれるように向かった山で、道に迷ってしまう!?　そんな梗介の前に現れたのは、犬耳と尻尾を持ち、高貴な雰囲気を漂わせた不機嫌そうな山神で!?